a Library

の手紙

平凡社ライブラリー

Heibonsha Library

少女への手紙

ルイス・キャロル著
高橋康也・高橋迪訳

平凡社

本著作は一九七八年十一月、新書館より刊行されたものです。

25歳のルイス・キャロル

Alice Pleas

アリス・リデル Alice Pleasance Liddell

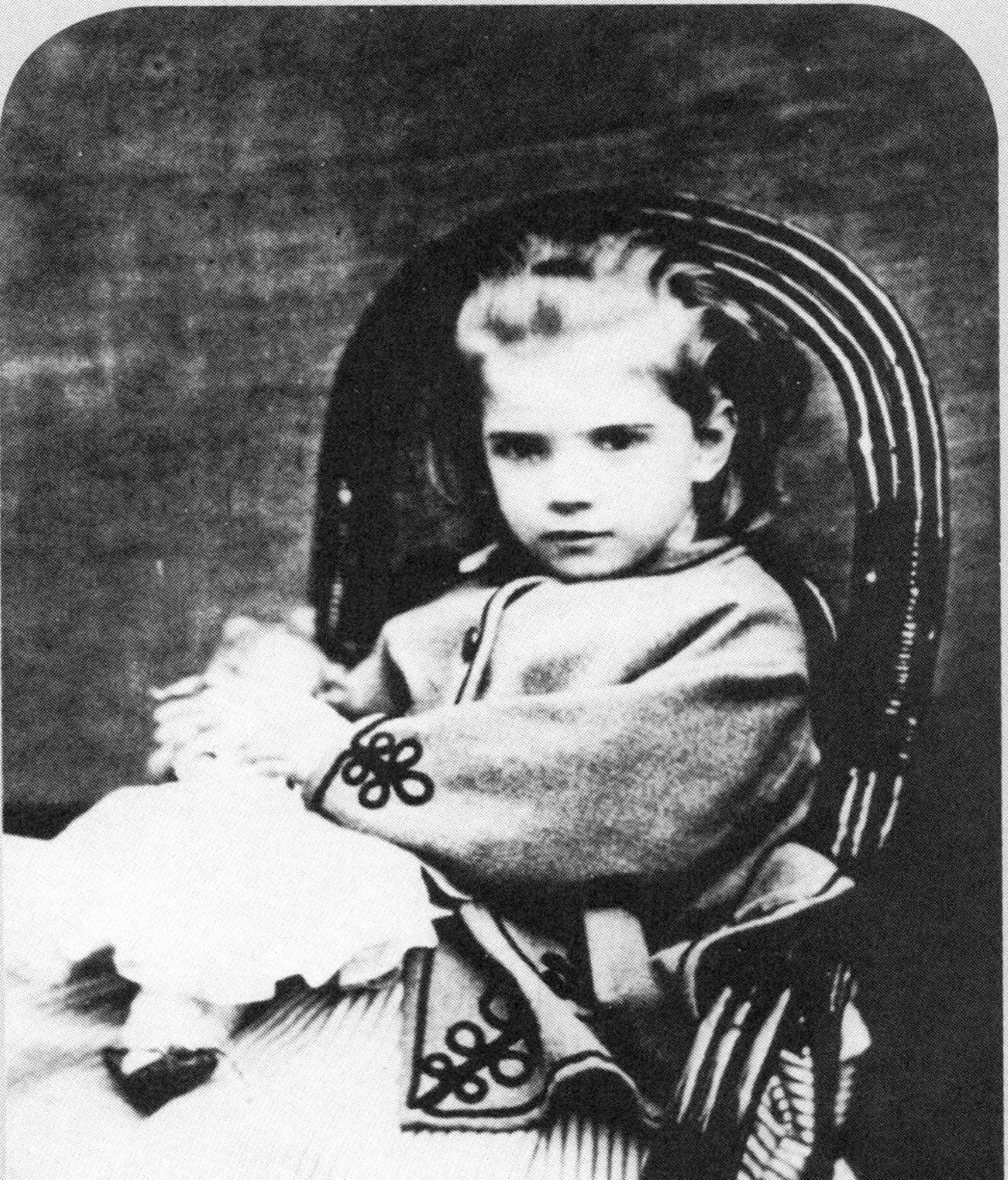

Evelyn

イヴリン・ウイルソン　Evelyn Wilson

マーガレット・ゲイティ Margaret Gatey と
メアリー、シャーロット・ウェブスター Mary and Charlotte Webster

クシー・キッチン Xie Kitchin

クシー・キッチン Xie Kitchin

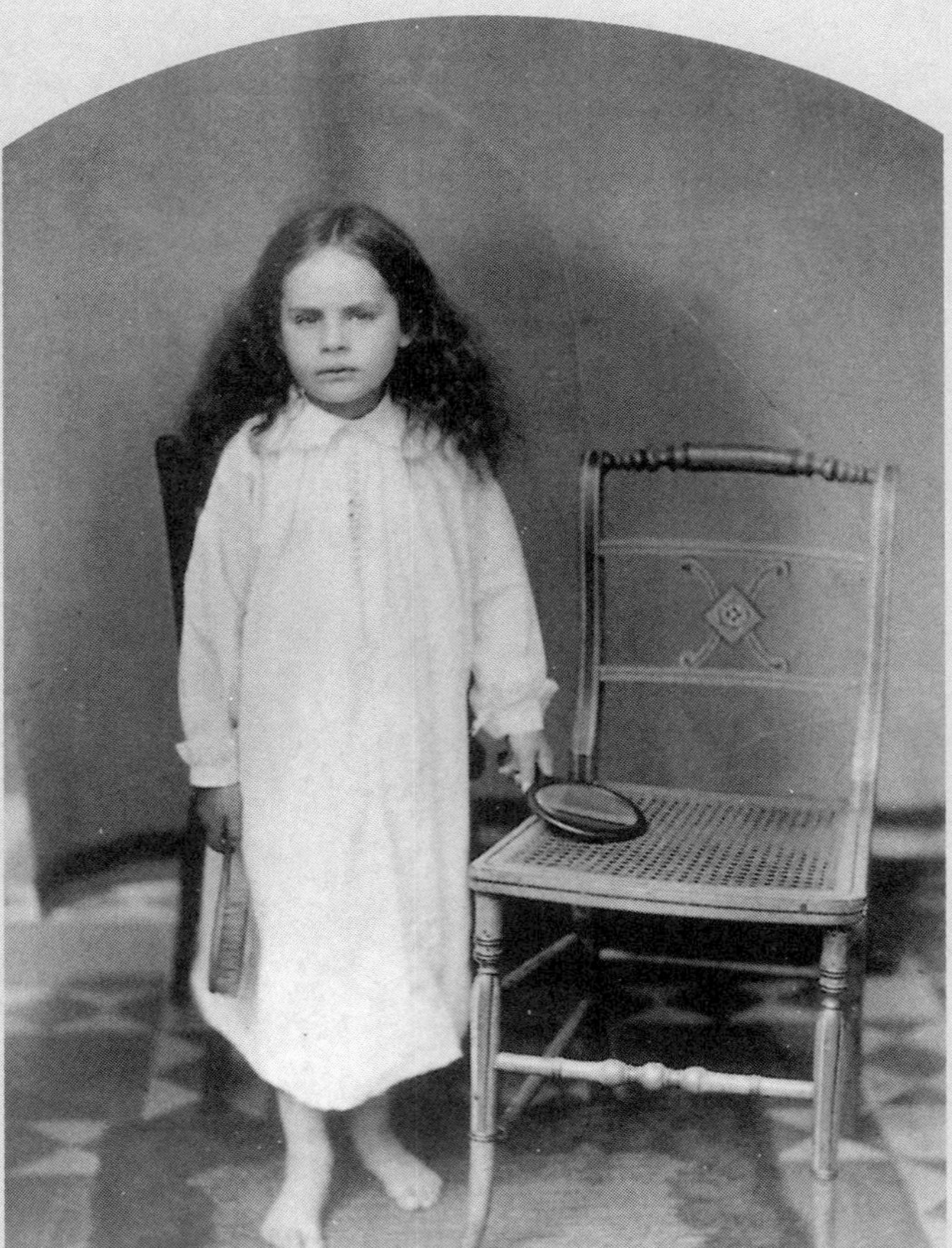

アイリーン・マクドナルド Irene MacDonald

〈アクロスティック〉

ルイス・キャロルって誰？
幾つになっても内気な独身
好きなのはなぞなぞカメラ
嫌いなのは世間と腕白小僧
優しすぎるその魂を深いよ
ろこびのうちに開いてくれ
るのは少女との語らいだけ
ときはながれ独身者は老い
少女はああ嫁ぎゆきただ少
女の聞いた物語だけが残る

――Y・M・T

目次

Ⅱ章　1870年〜1880年……83

Ⅲ章　1880年～1897年

＊この本に掲載した写真は、すべてルイス・キャロル撮影のものである。

Ⅰ章　1855年〜1870年

ヘンリエッタならびにエドウィンへ*

クライスト・チャーチ　一八五五年一月三十一日

いとしいヘンリエッタ　いとしいエドウィン

誕生日の贈り物、ありがとう。心からお礼を言います。……ぼくの学生はたった一人しかいませんが、個人授業を最近はじめたところです。ぼくの授業の仕方を話してあげましょう。いちばん大事なことは、いいですか、先生が威厳にみちていて学生から距離を保つことです。逆に学生のほうはなるべくへりくだっていなければいけません。

さもないと、なによりも必要な謙遜な気持がなくなってしまいますからね。

というわけで、ぼくは部屋のずっと奥に、ドアからできるだけ離れたところに坐ります。ドア（これは閉めてあります）の外に第一の召使いが坐ります。そのもうひとつ向うのドア

ヘンリエッタ・ドジソン　Henrietta Dodgson

(これも閉めてあります)の外に第二の召使いが坐ります。階段の途中の踊り場に第三の召使いが坐ります。そして最後に、中庭に学生が坐るのです。

ぼくたちは順ぐりに質問を大声で叫びます。答えも同じ仕方でぼくのところに戻ってきます。慣れるまでは、ちょっとまごつくこともあります。どんな調子で授業が行なわれるかというと、まあこんなふうです——

先生——三掛ける三はいくつか?
第一の召使い——アンかけるパンはいくつか?
第二の召使い——天駆ける雁はいくつか?
第三の召使い——半かけの椀はいくらか?
学生(おずおずと)——まあ、四ポンド半くらい……
第三の召使い——ああ、アンパンが半分くいたい!
第二の召使い——ああ、パン種がほしい!
第一の召使い——あんたはアンポンタンだ!
先生(少しムッとするけれど、がまんしてもう一つ質問を出す)——百を三で割れ!
第一の召使い——尺を寸で割れ!

第二の召使い——猫を踏んでやれ！
第三の召使い——酒を汲んでやれ！
学生（あっけに取られて）——これはいったいなんの意味だ？
第三の召使い——それはぜったい無意味だ！
第二の召使い——おれは絶体絶命だ！
第一の召使い——出るはあっつい溜息だ！
こういったぐあいに授業は進むのです。人生も同じようなものです。

兄より愛をこめて
チャールズ・L・ドジソン

＊ ヘンリエッタとエドウィンはキャロルの妹弟で、このとき十一歳と八歳。キャロルは二十三歳、オクスフォード大学クライスト・チャーチ学寮の特別研究員として個人教授を担当していた。

エドウィン・ドジソン Edwin Dodgson

メアリー・マクドナルド*へ

オクスフォード　クライスト・チャーチ　一八六四年五月二十三日

いとしいメアリー

　このところ当地ではとほうもなく暑い日がつづいていて、わたしはペンを取る気力もないくらいです。いや、たとえ気力があったとしても、インクがなかったのです。インクはみんな蒸発して、黒々とした水蒸気になってしまい、もやもやと部屋中にただよっていたのです。それで壁も天井もふた目と見られないほど、まっくろになる始末。今日は少し涼しくなりました。おかげでインクも黒い雪になってインク瓶の中に少しずつ戻っているところです。そのうちたっぷり戻ったら、わたしもペンを取って、きみのお母さんのご注文の写真を取り寄せる手紙を書くつもりです。

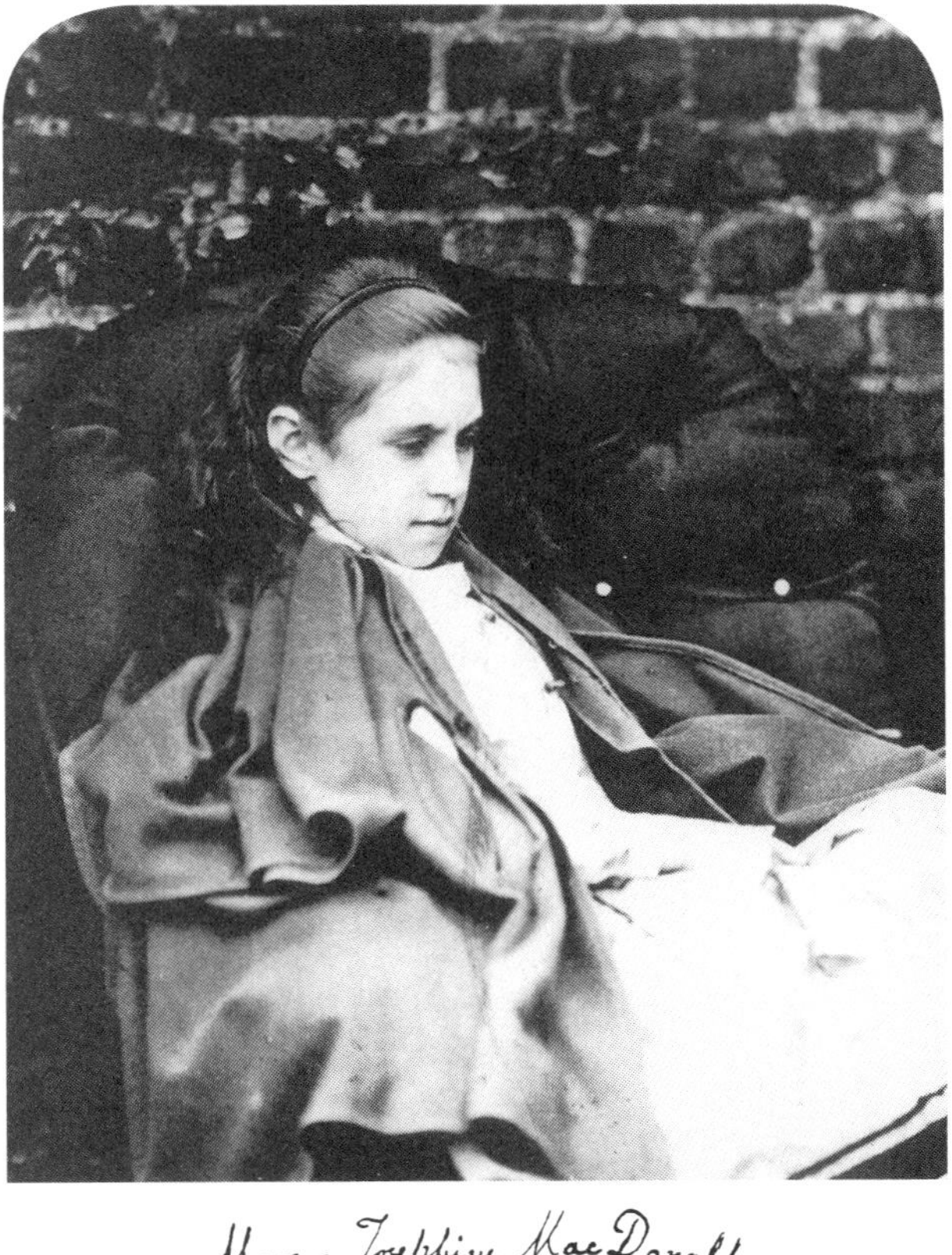

メアリー・マクドナルド Mary Josephine MacDonald

この暑さでわたしはすっかり気分が沈み、不機嫌になっています。かんしゃく玉がいまにも破裂しそうになることがあります。そういえば、ついさっきもオクスフォードの偉いお坊さんがわたしを訪ねてきたのですが——もちろんそれは親切なことですし、お坊さんとしてはちっとも悪気はなかったのですよ——わたしはお坊さんが入ってきただけでただもうかっとなって、その頭めがけて本を一冊投げつけてしまったのです。かわいそうに、お坊さんはひどい怪我をしたにちがいありません。念のため、これは一から十まで本当の話というわけではありません。だから信じなくてもかまいません。こんどからはあまり急いでものごとを信じないようにするんですよ。なんでもかんでも信じようとすると、頭の筋肉がくたびれてしまいます。そうなったら、もういけません、いちばん簡単な本当のことさえ信じられなくなりますからね。

つい先週のことでしたが、わたしの友だちが「ジャックと豆の木」のあのジャックを信じようと決心して取りかかったんです。そう、なんとかその大仕事をやりおおせたのはいいんですが、そのことであんまり消耗してしまったために、彼はわたしに「雨が降ってるよ」と言われても（ほんとに降っていたんですよ）、てんでもう、それを信じることができませんでした。そして帽子もかぶらず傘ももたずに表に走りだしたんです。その結果たるや、髪の毛がぐしょぐしょにぬれて、一本の捲毛などは癖がちゃんともとに戻るのに、まる二日もかかったそうです（念のため。いまの話も一から十まで本当じゃないかもしれません——）。グレヴィルの写真（ほら、卵型の額に入れる予定のあれね）ははかどっているので、二、三日中に送れるはずだって、彼に伝えてください。

では、お父さまとお母さま、弟さんや妹さんによろしく——

きみの心からの友　チャールズ・L・ドジソン

追伸　この前の金曜にわたしに起った唯一の不幸なことはきみが手紙をくれたことでした。やっぱりね！

＊『北風のうしろがわ』や『リリス』などで知られる童話作家で、キャロルの友人であったジョージ・マクドナルドは、

グレヴィル・マクドナルド
Greville MacDonald

十一人の子だくさんであった。キャロルは『不思議の国のアリス』の原稿をマクドナルド夫人に託し、子供たちに読んであげてほしいと頼んだ。その熱狂的な反応（とくに八歳のグレヴィル少年は「六万部」刷るべきだと言い放った）が、キャロルに出版を決心させたといわれる。

なかでも「おじさん」（一家におけるキャロルの呼び名）のお気に入りは次女メアリーだったらしい。この写真のとき（二三ページ参照、一八六三年）、キャロル三十一歳、メアリー九歳。ブリュネットの少女はとても利発で、いい子のときは「エルフィ」、おいたのときは「ケルピー」と呼ばれていた。声がきれいで「つぐみ」の仇名もあった。キャロルの弟ウィルフレッドからボクシングを習ったこともある。成長した彼女は画家と婚約したが、結核のため結婚できず、二十四歳で独身の生涯を閉じた。

☘

クライスト・チャーチ　一八六四年十一月十四日

いとしいメアリー

むかしむかしあるところに小さい女の子がおりました。女の子にはむっつりやの年寄りの伯父さんがいました。近所の人たちはこの伯父さんをカーマジョンと呼んでいましたが、それがなんの意味かはわかりません。さて小さい女の子は伯父さんに、ロセッティ*さんがシェイクスピアについて書いたソネットを書き写してあげるわねと約束したのでした。

ところがです、女の子は約束を守りませんでした（そうでしょう？）。待ちくたびれて、かわいそうな伯父さんの鼻はだんだん長くなる一方、伯父さんの気はだんだん短くなる一方でした。郵便配達が来ては去り、来ては去りしましたが、ソネットはさっぱり。

——話の途中ですが、ここでそのむかしどんなふうに手紙が郵送されていたかを説明しなければなりません。むかしは郵便箱用の柱がなかったので、郵便箱（つまりポストです）は一ヵ所にじっとしている必要はありませんでした。ということはつまり、郵便箱は国じゅうをほっつき歩いていました。ということはつまり、どこかに手紙を出したいときは、しかるべき方角に向かって特に早く歩いている郵便箱を見つけて手紙をゆわえつければよかったのです（ただ郵便箱の気が変わることがときどきあって、これは困りものでした）。これを「郵便《ポスト》で手紙を出す」と呼んだのです。むかしはなんでもものごとを単純な方法でやったものです。たとえばお金をたくさん持っていたとします。そうしたら、土手《バンク》かなんかに穴を掘って、そこにお金をぽいと入れておくんです。これを「銀行《バンク》に入れた」と称して、もうこれで安心というわけです。つぎにむかしの人の旅行のしかたはというと、道路の端にずっと杭《レイル》が打ってあって、それに乗っかって、その上をつたって歩いていたのです。踏みはずして落っこちないように、なるべく気をつけるわけですが、たいていはすぐに落っこちてしまうのでした。これが「鉄道《レイル》で旅行する」と呼ばれたやりかたです。

ところで、さっきの悪い女の子はどうなったでしょう？　一匹の大きな黒いオオカミがやってきて、ああその運命やいかに——これ以上話をつづけたくありません。でも女の子の姿はその後、影も形も見えなくなりました——小さい骨が三本見つかったほかは。

わたしとしては感想は述べないことにします。どちらかというと、かなり恐ろしい話ですね。

ロセッティ一家。左からダンテ・ゲイブリエル、妹クリスティーナ、母、弟ウィリアム・マイケル

きみを愛する友　C・L・ドジソン

＊ラファエロ前派の画家・詩人ダンテ・ゲイブリエル・ロセッティ。詩人・童話作家の妹クリスティーナとともに『不思議の国のアリス』の最初の理解者のひとりだった。キャロルはロセッティ一家の写真を撮っている。

☘

オクスフォード　クライスト・チャーチ　一八六六年一月二十二日

いとしいメアリー

『不思議の国のアリス』の新しい本、気にいってくれたそうで、わたしはとてもうれしいです。もういちど、きみやみんなに、それにスノードロップ*にも、会いにいきたいのですが、残念ながら時間がありません。でも、そういえば、こんどはきみの方がわたしに会いにくる番じゃありませんか。このまえ訪ねたのは、たしかわたしの方でしたからね。こっちへきたら、わたしの部屋はかんたんに見つかります。遠いですって？　とんでもない、ロンドンからオクスフォードへくるのは、オクスフォードからロンドンへいくのと、ちょうど同じ距離ですよ。きみの地理の教科書にそう書いてないとしたら、それはひどい本ですから、べつの本を買った方がいいですね。

ところで、きみはじぶんのことを、もっとはやく手紙を書かなくて「わるい子」って呼んでいますが、これはどういうつもりでしょう？　わるい子ですって、いやはや！　ばかばかしい！　たとえばこのわたしがですよ、きみにですよ、そう五十年間ばかり手紙を書かなかったとしてですよ、さて、わたしはじぶんのことを「わるい人」なんて呼ぶでしょうか？　とんでもない！　わたしはいつものようにこう書きはじめるでしょうね――「いとしいメアリー、五十年前、きみはわたしに、子猫が歯がいたいんですがどうしたらいいでしょうって、ききましたね。いま思いだしたので、ご返事します。歯痛はもうなおっているかもしれないけれど、もしまだだとしたら、子猫をまずインスタント・プリンでていねいに洗ってあげること、つぎに封蠟で煮たてた針差しを四つもたせること、さいごに猫のしっぽのはじを熱いコーヒーにかるくひたすこと、以上です。このやりかたで失敗したことは、これまでいちどもありません」。ま、そういったところです。手紙っていうのは、こういうふうに書くものですよ！

おねがいがあります。いつかの晩きみの家で会ったきみのいとこたち（でしたよね）の苗字をおしえてください。メアリーとかメイは苗字じゃなかったでしょう、たしか？　それから、きみのパパに、「アレック・フォーブズ」**読んでおもしろかったって、つたえてください。ほんもののアニー・アンダーソンにすごく会いたいって気がします。住所知ってますか？

パパとママによろしく。姉さん、妹さん、兄さん、弟さんにもよろしく。

きみを愛する友　チャールズ・L・ドジソン

＊　メアリーの愛猫の名。『鏡の国のアリス』第一章にちらっと名前が出る。
＊＊　ジョージ・マクドナルドの作品。

『鏡の国のアリス』〈テニエル画〉

☘

クライスト・チャーチ　一八六九年一月二十六日

いとしいメアリー
　きみはドイツ語を習ってますか、あるいは習うつもりがありますか、もしそうなら、お知らせください。あのむずかしい言葉に訳された『アリス』*をさしあげます。
ご両親、およびまわりのみなさんによろしく。

親愛なる友　C・L・ドジソン

＊『不思議の国のアリス』独訳は一八六九年刊行。

クライスト・チャーチ　一八六九年三月十三日

いやはや、きみはまったくクールなお嬢さんですね！

返事を待っているわたしに、こんなに何週間も待ちぼうけを食わせておいて、あげくのはてに、すまして別の話を書いてくるんですからね。まるでなにごともなかったみたいに！

忘れもしない去る一月の二六日、わたしはきみに「ドイツ語訳の『アリス』をあげましょうか」という手紙を書きました（お嬢さん、よろしいですか、これは過去形というのですぞ、おそらくわたしは決して二度とこのことについて手紙を書くことはないでしょう——これは未来形）。

さて、そのとき以来、日は流れ——そして夜も流れて（わたしの記憶が正しければ、昼が二回かそこら流れるあいまに夜が一回流れるはずです）。

——なのに返事はありませんでした。やがて週が流れ、月も流れて、わたしはだんだん年をとり、だんだん痩せてゆき、だんだん物悲しくなりました。

——なのに**返事はありません**。

やがてわたしの友だちがこう言うようになりました——「どうした、髪の毛が白くなったじゃないか?」とか、「おーい、骨皮筋右衛門!」とか、まあそういったお世辞です。そしてやがて——でも、もうよしましょう。お話するのも怖ろしいことですから。ただ、ひとことだけ申し上げるとすれば、すなわちつぎの事実です——こうして何年も何年も待ちわび待ちこがれているあいだ(一月二六日以来それだけの年月がたったのです、とにかく、オクスフォードではわたしたちはすごく速く生きていますからね)、この石のように冷たい心をもった女の子から、**返事はありません**でした!

そして、やがてある日、お嬢さんは何食わぬ顔をして手紙を書いてきて、こう言うのです——「ねえ、おじさま、ボート・レース*見にいらっしゃいよ!」そこでわたしは、うめきながら、こう答えます——「ちゃんと見てるさ、暴徒レースならね。人間というのは、なんという恩知らずな暴徒たちなのだろう! そしてそのなかでも、とびきり恩知らずで、誰よりもたちが悪くて、いちばん——」

涙がのどに、いや、ペンにこみあげてきて、もうこれ以上は書けません。

追伸　ロンドンには出かけられそうもありません。できれば、出かけていって、ぜひともこう叫びたいのですが――「恩知らずの怪獣よ！　去れ」

＊　毎年春テムズ河で行なわれる有名なオクスフォード対ケンブリッジの対抗試合のこと。テムズ河畔にあるメアリーの家から見物できるので、キャロルを招待しているのである。「暴徒レース」はもちろん苦しい意訳で、原文では“race”（試合）と“human race”（人類）の語呂合せになっている。

リリー・マクドナルド*へ

きみへの新年のプレゼントにしようと思って、「若さの泉」という小さな本を注文しました。

きみの神経があまりショックを受けないように、この手紙が本よりさきにお手もとに届くように祈っています。その本は、まず外側をごらんいただいて、それから本棚にしまいこんでいただくつもりです。内側は読んでいただくつもりはありません。この本には、教訓が書いてあるのです――だから、その著者がルイス・キャロルでないことは言うまでもありませんね。

どんな教訓かというと、こういうのです。

髪に白いものがまじりはじめ、顔がしわだらけになって来たというのに、いつまでも人から子供だと思われたがるような女の人は（私の知っているケンジントンのある一家の長女が

リリー・マクドナルドと父ジョージ・マクドナルド
Lily S. MacDonald & George MacDonald

そうだったんです――なんと、五十七歳ぐらいにもなっていたんですがね!)、けっきょく、隠者になって終わるしかないであろう。

そして山の斜面に五十もの小さい十字架をたてるようになるであろう。

――まあ、こんな教訓なんか気にすることはありませんよ。きみにこんどお会いしたときも、まだまだきみが子供でありますように。

きみのご兄弟たちへの挨拶としてわたしの愛をお送りしないのは、二つ理由があるからです。

一つは、きっとみんながどんどんわたしにそれを送り返してくるにきまっているからです。まるでそんなもの全然値打ちがないといわんばかりにね。もうひとつは、このひどい寒さでは、お送りする途中でせっかくのあたたかみもすっかり冷えてしまうでしょうから。

このあたりでは、木々がとてもきれいです――まるで、夏の森をつかまえて、そのみどり色を全部凍らせてしまったみたいです。ほんとにおとぎの国そっくりですよ。

お宅の小さいかたたちによろしく。


いつもきみの親愛なるおじさん　C・L・ドジソン

＊ジョージ・マクドナルドの長女。父から「マイ・ホワイト・リリー」（わたしの白百合）と呼ばれた。このとき十五歳。

♣

ギルドフォード　栗の木邸＊　一八七〇年四月三日

いとしいリリー

きみたちがあまり大きくなったので、わたしがもうきみたちを好きじゃなくなったんではないか、とのことですが、この点については、少々ふに落ちないことがあります。

まず好きになってからでなくては、好きでなくなるなんてことができるでしょうか？

どうです、こういうのを親切で丁寧なお世辞というのですよ！　なにしろわたしは、最近ある人について礼儀作法のレッスンを受けているんですからね。

ただし、その人がほんとうにいい先生だと思っているわけではありません。それに、先生自身のお行儀がはなはだわるいのです。ただ、授業料がとても安いので（一時間たった六ペンス）、やってみようという気になったのです。

――わたしや姉妹たちを、ボート・レースを見に来るようにさそってくださって、ほんとにありがとう。残念ながらうかがえそうにありませんが、近いうちにぜひおたずねしたいと思っていますし、わたしの姉妹のうちだれかもいっしょに連れて行きたいと思っています。

もう長い間ロンドンには行っていません。いちばん最近行ったのは、三週間前です（いつだったか通りぬけたのは別として）。そのときは、仕事とお楽しみと半々の用で行ったのです。まず画家のテニエル氏と仕事のことで長い間話し合い――それからルイス**という苗字の友人の一家と夕食に出かけました。この人たちのこと、聞いたことがありますか。なかなかいい人たちですよ。

ロンドンへは土曜の午後に行って、日曜の午後にはクライスト・チャーチに向かいました。そのルイスという一家には、子供が二人いて、二歳になるケイトと、生後二、三ヵ月ぐらいのジャネットという娘さんたちです。二人とも、まだそれほど美人だとはいいかねます。そういうことって、もっと先へ行ってからの話ですね。

マクドナルド夫妻に、くれぐれもよろしくお伝えください。それから、ほかの方がたには、いまではすっかりすりきれてしまった、ヨロシクの切れっぱしをどうぞ。
きみの親愛なるおじさん（ときに、わたしはいまやほんもののおじさんなのですから、にせもの扱いはごめんですよ！）

C・L・ドジソン

＊　南イングランドの町ギルドフォードには、キャロルの姉妹たちの住む家があり、彼はこれを「わが家」と呼んでしばしば訪れ、滞在した。息を引きとったのもここである。

＊＊　ルイス夫人は当時有名な女優エレン・テリーの姉でやはり女優。キャロルはのちに女優志望のリリーを彼女に紹介してあげる。

ルイス・キャロルの６人の姉妹と末弟エドウィン

ディンフナ・エリス*へ

ダーリントン　一八六五年八月三日

いとしいディンフナ

送ってくださった写真のアルバム、たしかに着きました。みなさんのサインもぜんぶ無事でした。——ただ、駅の小荷物係の人が言うには（その人は気をつけて読んだらしいんです）、きみのサインのおかげでアルバムは「十ポンド以上の値打ち」になったので、「書留にするべきだった」とのことです。

わたしは、そんなばかなことはない、クランボーンでは、この子のサインに二ペンス以上の値をつける人はいない、と言ってやりました。でもその係の人はむっつりと首をふって、「ちゃんとわかってる、ごまかされやしないぞ」って言うんです。

ディンフナ・エリス Dymphna Ellis

ところで、きみたちの洗礼名の一覧表を送ってくださるようお願いしたのは、省略なしのフルネームのつもりでした。でも、きみからとどいたのは、頭文字だらけの、おそろしくじれったいリストでした。おかげでさんざん頭をしぼる羽目となり、夜もほとんど眠れないぐらいです。

たとえば、ディンフナの前のFは何の頭文字ですか。ファティマ、フェネラ、それとも、フェオドーラ？　あるいは——まさか、そんな夢のようなきれいな名前とは思いませんが——フォスコフォーニアでしょうか？

わたしが帰ってしまってたいくつになったとのこと、申しわけありませんね。それではっきりわかりました、はじめから行かなければよかったのです。でも、わたしたちはスゴク急に友だちになったでしょう？　だから、きっと同じくらい急に、きみはわたしのことを忘れてしまうでしょう。だから心配はいりません。

わたしのとった写真がお手もとに届くまでには、まだ一週間かそこらお待ちいただかなければならないでしょう。お父さま、お母さまにくれぐれもよろしくお伝えください。それから、あのきのどくな乞食の子供たち**にもよろしくね。（かわいそうなはだしのあんよ、どうなったかな？）

いつもきみを愛する　C・L・ドジソン

＊　クランボーンの町の牧師の娘。
＊＊　この数日まえ、キャロルはディンフナ、メアリー、バーサの三人姉妹をはだしの乞食娘に扮装させて写真をとった。ほかにもアリス・リデルや何人かの少女が乞食娘に仕立てられた。

乞食娘たち

☘

一八六七年十二月二日

いとしいディンフナさま
ドジソンさんに頼まれたので、かわりにお手紙さしあげます。
ドジソンさんが書いたブルーノとわたしの小さな物語＊ののっている『ジュディおばさんの

雑誌』を一冊お送りしたので、お読みくださいとのことです。

ディンフナさま、もしわたしたちの森へおいでになりましたら、ぜひお会いして、ブルーノがわたしのために作ってくれたすてきな庭をお見せしたいと思います。

あなたの小さな妖精のお友だち〝シルヴィ〟

＊ 長篇小説『シルヴィーとブルーノ』（一八八九）の原型ともいうべき「ブルーノの復讐」は一八六七年の婦人雑誌『ジュディおばさんの雑誌』に発表された。シルヴィーとブルーノは妖精の国の幼い姉弟。

キャロルの描いた
「ブルーノの復讐」の挿絵

マギー・カニンガム*へ

クライスト・チャーチ　一八六八年一月三十日

いとしのマギー　こんにちは

　少女がわたしに言いました。「お願い、わたしのお友だちに手紙を書いてあげてよね」。ところで「お友だち」とやらは、ランズ・エンド**なんかには住んでない（これは地の果て、どう見てもお客をよぶには妙な場所）、リポンにお住みとわかりました。

　なんだか怪しい気がしたので、いろいろ尋ねまわったあげく、とうとう探りあてました。その子の名前は「マギー」といい、住所はクレッセントとか。もちろんわたしは憤然とこう言いきったものでした――

　ようし、こんなにひどい目にあったからには、もうきめた（本当はどういう言葉を使ったか、言わぬが花というものです）、こんごふたたびその子には手紙なんぞを出すものか。たとえ出しても、ぜったいに、甘くやさしい言葉など、ゆめゆめ書いてなるものか！

ところで、きみの大好きなパパが早くご旅行からお帰りになるといいですね。だって考えてもごらんなさい。きみは果たしてジャックだけで、本当に満足できますか？仮りにジャックとお父上が、うっかりヘマをやらかして、こういうぐあいになったなら、いったいきみはどうします？（こういうことって実際にときどき起こるものですよ***）

つまり、旅から帰るのがジャックの方で、パパはまだ学校に居残っているとしたら？これはなかなかやっかいな事態といわずばなりますまい。どういう顔して弟を迎えてあげるつもりです？きみは言うかもしれません。

「いいわよ、わたし、家になんか入れてあげやしないから」

それでけっこう、少なくとも弟君に関してはね——だけど、どうする、父さまは？インクだらけのガキたちといっしょに並んで、おかわいそう、チーチーパッパッとやってるんですよ。こういうまちがいは、そりゃもちろん、めったに起こることじゃない。とはいうものの、絶対にあり得ぬことではないのです。

かわいいチビのヘイリーは、さぞかしパパが恋しくて、泣くでしょうから、この話、彼女には内緒にしておいた方がよろしいと思います。

わたしの写真でこれまでに撮られたものでどれひとつ、わたしの笑顔を本当に正しく捉えてはおりません。ですから、きみに送るのは、実はあんまり気が進まないということ、わかってくれるでしょう？　送るかどうか、もういちど、まあ考えてはみますけど。

ただ、その代り、スケッチをここに一枚さしあげます。学校で講義をしてるとき、わたしがどんな恰好か、多少はおわかりになるでしょう。ひと筆がきのなぐりがき、ほんの手すさびではありますが、このわたくしに言わせれば、眉のあたりと手の動き、どこか堂々崇高たる趣きありと思います。

『ジュディおばさん』という雑誌、わたしの童話がのりましたが、お読みになってくれましたか？　もし読んだなら、まちがいなく、わたしの言う意味わかりますね——実はきのうの夜おそく、ブルーノがわたしを訪ねてきて、「おじさんはぼくのゴッドファーザー、忘れちゃいやだよ」と言うのです。「だっておじさん、そうでしょう、ぼくに名前をつけたでしょう？」って。

講義中のキャロルの自画像

きみの親友心から　チャールズ・ラトウィジ・ドジソンより****

追伸　わたしがこんなに照れ屋でなければ、ヘイリーがお姉さまに託してわたしにくれた挨拶（わたしはとうていそんな柄ではないのですが）と同じのを、彼女に送りたいところです。きみ自身には心から愛を、きみのお母さまには心から挨拶を、それにきみのチビでデブでナマイキでムチな弟には心からニクシミを。以上で終りにしておきましょう。

* マーガレット・カニンガムはイギリス中部の町リポンの牧師の娘。弟のジョン（「ジャック」）、「チビでナマイキでムチな弟」ヒューも、のちに聖職者になった。

** ランズ・エンドはイギリス南西の地の果ての岬の町、マギーはそこに架空の「お友だち」を住まわせて、キャロルに手紙をねだったのだろう。

*** マギーの父と弟がすりかわってしまうという幻想は、SFふうでもあり、また「アイデンティティ」をめぐるアリスの不安をも思わせる。

**** キャロルの自画像スケッチは、容貌はわざと（?）似せていないけれど、また「堂々崇高」とはいえないけれど、彼の、極端な「照れ性」をよく捉えている。

＊＊＊＊＊　ところで、この手紙（追伸は別として）、もう一度始めから気をつけて読み直して頂きたい。最後の署名まで含めて、全体が、「七五調」の韻文になっていることにお気づきになって頂けたろうか。キャロルの原文も、ふつうに読めば散文だが、行分けすればちゃんと脚韻を踏んだ韻文になっている。新しい言葉あそびのテクニックである。

♣

ヘイマーケット　チャールズ・ストリート　ユナイテッド・ホテルにて

一八六八年四月七日

かくいうわたしは、ひどい筆不精です。でも、だからといって、きみがわたしに手紙を書くのをやめたりしませんように。

みなさんの小さいアルバムは、ぶじ届きました。なんとかわたしの名前は書きこんでお返しするつもりですが、はたして自分の誕生日まで思い出せるかどうか。なにしろ、こういうことって、あっさり忘れてしまうものですからね。

だれかがわたしに教えてくれたんですが（たぶん小鳥だったかな）、きみたちの写真でもっとよいのがあるそうですね。もしそうだったら、わたしもすこし買いたいのですが――お金はファニーが払ってくれるでしょう。

それにしても、マギー、わたしの写真のことですが、このまえ送ってあげたのよりもいい写真がほしいなんて、よくも言えたものですね。あんなによくとれたのは、ほかにないくらいです。あの優雅さ、あの威厳、あのやさしさ、あの――ここだけの話ですが（ぜったいないしょですよ）、このあいだ女王様が一枚ほしいって使いの者をよこしたんです。しかし、こういったことについては、けっして譲歩しないのがわたしの主義なので、つぎのようにお答えしなくてはなりませんでした。「ドジソン氏は女王陛下に敬意を表しつつ、いかんながら申し上げます。主義により、自分の写真は若い御婦人以外の方にはさしあげられませぬ」。聞くところによると、女王さまはごきげんをそこねて、「わらわはそれほど年をとってはおらぬぞよ」とおっしゃったとか。だれだって、女王さまのごきげんをそこねたくなんかありませんけれど、でもわたしとしては、ほんとにどうしようもなかったのです。そうでしょう？

きみのことを思いつづける友　C・L・ドジソン

(日付不詳)

♣

M・カニンガム殿

一、盗まれた小羊皮の手袋片方の弁償として——2シリング

一、盗難による苦痛の弁償として——3シリング85ペンス

一、同じくその迷惑の弁償として——4シリング45ペンス

一、同じくその立腹の弁償として——14シリング7ペンス

一、犯人捜索に要した時間の弁償として——1シリング6ペンス

計1ポンド6シリング2ペンス

右まさしく受領いたしました

C・L・ドジソン＊

＊　ある日の午後、遊びにきていたマギーがうっかりキャロルの手袋の片方を持って帰ったらしい。それがわかったときにキャロルが送った受領書（の形の請求書）。

ドリー・アーグルスへ*

クライスト・チャーチ　一八六七年十一月二十八日

拝啓　親愛なるドリーどの

わたしの友人のルイス・キャロル氏からあなたに伝言があります。このキャロル氏というのはちょっと変人で、冗談が大好きなんです。彼がわたしに言うところによると、あなたはいつだったか、前に読んだ彼の本――題は忘れましたが、たしか「マリス」**とか何とかいうのだったと思いますが――ああいった本をまた書いてほしいとおたのみになったそうですね。「ちょうど『ジュディおばさんの雑誌』にみじかいお話を書いたところなので、一部彼女に送らせるようにしたと彼女に伝えてくれたまえ」と彼が言うので、わたしは答えました。「いいとも。伝言はそれでぜんぶかい？」「いや、もうひとつあるんだ」キャロル氏は涙で頬をちょっぴりぬらしながら言いました。

「このまえドリーの名前について冗談を言ってしまったんだけど、あの子に怒らないようにって言ってくれないか。ぼくって、ときどき馬鹿らしいことを言うだろう?――（「いつでもだよ」とわたしは言ってやりました）――あの子、もし怒ったとしても、もういまは許してくれているよね?」

ここで涙はわたしの上にどしゃぶりのように降りそそぎました（言い忘れましたが、彼は二階の窓から身をのり出して、下のわたしに話しかけていたんです）。わたしはすっかりずぶぬれになってしまったので、言ってやりました。

「やめないか、さもなけりゃ、伝言なんかまっぴらだぞ!」それで彼はやっと首をひっこめ、窓をしめました。

もし彼になにかことづてがおありなら、わたしあてに送ってくださったほうがよろしいでしょう。

頓首

チャールズ・L・ドジソン

＊　バーナックの町の牧師の娘。『不思議の国のアリス』に感激した彼女は、未知のキャロルに手紙を書き、つぎの本をさいそくした。これはその返事。
＊＊　むろん『アリス』のこと。「マリス」は「悪意、いじわる」の意。

☘

一八六七年十二月四日

お嬢様
けさほど、ルイス・キャロル氏が、ドリー嬢に伝えたいことがあるので一筆たのむ、と言っていらっしゃいました。
まず、あなたからのすてきなお便り、たいへんありがとう。それから、自分の写真をお送りするので、彼がどんな顔をしているか、もう思いめぐらす必要はなくなるだろう。ついてはあなたのお写真も一枚頂きたい（この最後の文句はよけいだ、とあのかたはおっしゃっています。「必要はなくなるだろう」のところで文を終えるつもりだったのです）。*

つぎに、あなたが何歳か、とても知りたがっておいでです。わたしは、御婦人に年齢をたずねるのは失礼ですわ、と申しあげましたが、あのかたは、「いや、あの人はとても若いんだから気にしないだろう」とおっしゃっただけでした。

ブルーノは、庭が見ちがえるようにきれいになったので、**あなたに見に来ていただきたいと申しております。あの子ったら、小さなあずまやまで建てましたの――どんなにきれいにできあがったか、想像もおつきになりませんわ。

ブルーノがあなたに愛をお送りしたいと申しております。ルイス・キャロル氏もそうしたいとおっしゃっていましたが、わたしは、「およしあそばせ、「よろしく」だけならよろしいですけど」と申しあげました。すると、あのかたったら、「それならなにも送るもんか」なんておっしゃって、行ってしまいになりました。なにを怒ってらっしゃるんでしょう？


あなたを愛する小さい妖精の友だち　シルヴィー***

* 「キャロル氏」のこの訂正にもかかわらず、このあとドリーは自分の写真を送ってきた。

＊＊「ブルーノの復讐」の庭は荒れている（『シルヴィーとブルーノ』では「気違い庭師」が登場する）。
＊＊＊この手紙は妖精めいたおそろしく小さい字で書かれている。

☘

オクスフォード　クライスト・チャーチ　一八六八年四月二十八日（または二十九日）

親愛なるドリー
きみからいただいたあの本が、ロンドンへ行く道中どんなに役にたったか、見当もつかないでしょうね。車のなかでわたしのとなりの席に坐っていた年よりの御婦人に気がつきましたか？　ほら、あの鉤型の目と濃いブルーの鼻をした人です――
さて、汽車が走り出すや、おばあさんは話しかけてきました（ついでながら、その言葉づかいで、申し分のないレディーではなさそうだとわかりました）。で、そのおばあさんはわたしにこう言ったものです。「あの停車場におった、あのハンケチば目に当てとった娘っ子たちよう、水晶みてえな涙ば流しとったのとちがうか、すっとも、ありゃ、ふりだけしとったのけえ?」

わたしは、自分できちんとした話し方をしてお手本を示してあげようなんていう気にもなれなかったので、こう言いました。「あの娘っ子たちゃ、ほんものの涙ば流してただよ、ばあさん。だけど、涙ちゅうのは水晶でできちゃおらんとよ」。すると、おばあさんは、「お若えの、あんたちゅう人はひでえこと言う人じゃ!」と言って、おいおい泣き出しました。

おばあさんを慰めようと、わたしはさも楽しそうに言いました。「まあまあ、あんたこそ水晶の涙なんか流しとらんで。ブランデーでもひとつどうかね? 元気が出るとよ」。ところがおばあさんは「ばかこくでねえ、ブランデーなんかまっぴらじゃい。詩じゃわい。詩にかぎるとよ!」と言うのです。

そこできみからもらった本を取り出して渡してあげると、あとはもう終点に着くまで、ときどきちょっとしゃくりあげるぐらいで、ずっとその本を読んでいました。

そして、返してくれるとき、こう言いました。「この本ばあんたにくれなすった娘っ子、ドリーっていわっしゃるんじゃろう、その子に言ってくんろ、詩にかぎる、詩がいちばんじゃとな! こげえな詩ば読めば、もうあの娘っ子も、水晶の涙ば流さなくなるべえよ」。それから、「聞えくるはロブスターの声ならずや」[*]と暗誦しながら行ってしまったんです。というわけで、おばあさんの伝言をお伝えしたしだいです。
子供のなかには、「おとなになる」というじつにいやらしい癖をもっている子がいますね。このつぎお会いするまでに、きみがそんな癖を身につけていないようにと願っています。ご連中によろしくね。

きみのことを大好きな　C・L・ドジソン

＊「聞えくるはロブスターの声ならずや」は『不思議の国のアリス』に出てくる詩。すると、ドリーがくれた「本」は『アリス』か。それとも、これもすでに作り話なのか。

☘

ギルドフォード　栗の木邸　一八六九年一月三日

いとしいドリー

……火曜日まで滞在しないかとのことですが、わたしのごきげんは、つづけて三日以上もつとはうけあいかねるのです。それで、月曜の朝ごろまでには、いなくなってせいせいしたってきみに思われるような、そういうごきげんになることでしょう。

それに、わたしは九歳の女の子なんかに興味はありません。家には女の子が一人いさえすれば、それでじゅうぶんだし、なにもぴったり九歳である必要はないし、それに特別ちいさくなくたっていいのです。わたしがほんとにやかましいのは、たったひとつのことについてだけ——それは、その子の名前がDではじまっていなければいけないっていうことです。

きみは、「じきにお会いできるように」って言っていますね。それはきみしだいなんですよ。もしわたしがきみのところにたどりついたとしてですよ、そのときさきみがわざとそっぽを向いている、つまりわたしのほうに向かないとしたらどうです？

そうしたら、きみはわたしになかなか会えないんじゃないですか。

きみの親友　C・L・ドジソン

一八六九年五月十八日

わたしは、ここへ二、三日まえに来たのですが、今夜クライスト・チャーチへ帰り、そこに六月のなかばごろまでいると思います。そのあとは十月までひまなので、もしかしたらみなさんをおたずね（半時間かそこら）できるかもしれません、もし近くにいらっしゃるならば。

どこの近くですって？　とあなたは聞くでしょうね。無理もありません。わたしは、夏休みをペキンとペルーで過そうと思うのです。一週間ずつね。――どちらもすてきな、おもしろいところですよ。ペキンは狐でいっぱい、ペルーは百合だらけなんです。ペキンの住人は、狐のしっぽだけをたべて生きていますし（ご存じのようにバターをつけて）、ペルーの住人は、髪に百合の花をさして暮しをたてているんです。たしかにちょっと変っていますね。きみには信じにくいかもしれません。めんどうなら、信じなくていいんですよ。

きみは、夏はどこへ行くのですか。狐の国ですか、百合の里ですか？　返事を聞くまで、わたしは眠れそうもありません。夕飯の食欲もわいてきません。ですから、きまりしだい、至急お知らせください。

きみの身内の人ならだれでもよろしく。

きみのかわらぬ友

C・L・ドジソン

イーディス・ジェブへ

一八七〇年一月十八日

いとしいイーディス

わたしがドンカスターの駅をたつとき、きみょうな顔つきをした男の人が同じ車室に乗っていたのに気がつきましたか？　こんな形の鼻（こういう鼻は「何ばな」っていうんでしょう？）をして、こういう形の目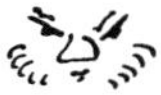をした人のことです。わたしが身をのり出して、きみの耳に「さよなら」ってささやこうとしたでしょう（もっとも、きみの耳が正確にはどこにあるのか忘れてしまい、やっとのことであごのすぐ上にあるのを見つけたんですが）、そのときその男は片目で窓の外をうかがっていました。

汽車が走りだすと、男は、「あのお嬢さんはガーシードー」と言いました。もちろん、「ガっかりシてますね、ドうしてなんです?」という意味だとわかったので、こう答えました。「わたしがまた来るよと言ったので、がっかりしてるんですよ」。男は、小一時間も腕をこまねいていましたが、そのあげく、耳から耳までさけそうににやりと笑って(右の耳から左の耳まで、じゃありません、一方の耳からひとまわりしてまた同じ耳までです)、こう言ったんです。「シシシシシ」。はじめはわたしも、蛇みたいにシューシュー言っているだけだと思って、べつに気にもとめませんでしたけれど、そのうちに、男は「シんそこシっかりシてなさるシりあいですな」と言ったんじゃないかとひょっこり考えつきました。

それで、にっこりして「シシシ」と答えました(もちろん「シんじつシっかりシてますとも!」という意味にきまっています)。でも男はなんのことかわからなかったらしく、むっとしてこう言いました。「わたしに向かってそんなふうにシューシュー言うのはやめなさい。あんたは猫かね、それとも蒸気機関車かね。シシ」。

これは、「シずかにシたまえ」だとわかったので、わたしは「シ」と返事しました。これが「シかとしょうち」という意味なのは、すぐわかるでしょう。それからあと男がしゃべったのは、「おまえの頭はカポだ」ということだけで、これはなんのことかわかりかねたので、そのまま黙っていました。

とにかく以上のこと、きみの耳にいれておきます。そうすれば、きみが警察に知らせるなり、なにかしかるべき手を打ってくれるでしょうからね。男の名前はたしかヴァカヴィエチ・オンタンチンスキーとかいいました（妙ちきりんな名前ですねえ）。

きみを思う友　ルイス・キャロル

☘

オクスフォード　クライスト・チャーチ　一八七〇年二月一日

かわいそうな頭をしぼっているイーディス

あんなむずかしい手紙は二度と書かないようにします。でも、例の紳士が「おまえの頭はカポだ」と言った意味がわからないって、ほんとうですか？

たとえばわたしがきみに、「イーディス、わたしの紅茶の茶わんがカポだ。すまないが、ついでくれないか?」と言ったとします。これなら、わかるでしょう? もういちど読みなおして、考えてごらんなさい。

もうひとつ申しあげておきますが、わたしに返事をくれるときに、長い手紙をわたしが期待してるなどと思わないでください。わたしはきみに手紙を書くのが大好きですが、きみが返事を書くために苦労するのは好きではありません。

こんどきみがひとりぼっち留守番をするときは、わたしが手紙でなぐさめてあげますから、言ってください。いいですか、かりにきみの手紙が——

拝啓 ドジソンさま
愛をこめて 敬具
イーディス

というだけだとしても、わたしはまったく満足なんです。そんな短いのでも、なにかつたわってくるものです。すくなくともきみが「愛をこめて」くれたことがわかりますし、それはありがたいことです。なぜって、きみは「憎しみをこめて」と書くことだってできたわけですからね。

このまえのお茶のとききみの隣に坐っていたあの女の子に会ったら、わたしに代ってきいてください、「あいかわらずおナマちゃんですか？」って。ちょっと知りたいんです。それから、きみのほかの頭文字はなんですか？　教えてくれれば、わたしのみたいに、一筆がきで書く方法を考えてあげます。

つねにきみに愛をこめて　C・L・ドジソン

アグネス・ヒューズ*へ

（日付不詳一八七〇年ごろ）

いとしいアグネス

ものぐささん！　なんですと？　わたしのあげたキスをみんなで分けなさいといったのに、わたしに割り算をやれですと？　まっぴらごめん、そんなことぜったいにやってあげるもんですか！　でもまあ、やりかたは教えてあげましょう。まず、キスを四つ取り出します。つぎに——

ああ、それで思い出しました、きのうの四時半に妙ちきりんなことが起ったんです。三人連れがわたしの部屋のドアをノックして、中へ入れてくれっていうんです。あけてみると、だれだと思います？　ぜったいに当たらないでしょうね。

アグネス・ヒューズと父アーサー・ヒューズ Agnes Hughes & Arthur Hughes

なんと、三匹の猫なんです！　妙ちきりんでしょう？　あいにく三匹ともひどくむっつりやで感じの悪い猫なので、わたしは手近なもの（それは偶然めん棒だったのですが）を引っつかんで、連中をパンケーキみたいにぺちゃんこに叩きのめしてやりました。「そっちがこっちのドアを叩くなら」とわたしは言いはなちました。「こっちはそっちの頭を叩くぞ！」正当防衛ですよね？

きみの親友　ルイス・キャロル

＊　ラファエロ前派の画家アーサー・ヒューズの娘。

☘

（日付不詳）

いとしいアグネス

そういえば、あの猫たちのことですが、もちろん、このわたしが彼らを枯れた花みたいに地面にころがったままに放っておいたりするもんですか！

そうですとも、ちゃんと拾いあげて、考えられるかぎりの親切をしてあげました。ベッド用にと、紙ばさみを貸してあげました。ほんもののベッドだったらあまり寝心地がよくないでしょうからね。とてもやせているんですから。でも、吸取紙のあいだにはいって、とても気持ちよさそうでした。それに、ペンふきを枕にさせてあげました。さて、やっとわたしが寝る番になりました。でも、そのまえに、夜中に用があったら鳴らせるように、ディナーベルを三つ貸してあげました。

わたしがディナーベルを三つ持っていることはごぞんじですね。第一のベル（これがいちばん大きいものです）は、夕食の支度がほとんどできたときに鳴らします。第二のベル（この方が少し大きいんですが）は、すっかり支度ができ上ったときに鳴らし、第三のベル（これは前の二つを合わせたぐらいの大きさ）は、食事の間じゅう鳴らしています。

わたしは猫たちに、なんでも用があったら鳴らしていいよと言っておきました。ベルが三つとも夜じゅう鳴っていたところをみると、きっとなにか用があったんでしょうね。でも、わたしはとにかく眠くて眠くて、とうてい行ってみてあげるどころではありませんでした。

夜が明けると、朝ごはんにドブネズミのしっぽのゼリーとバターつきハツカネズミを出してあげましたが、猫たちときたら、それはもうごきげんななめでした。ペリカンの煮たのが食べたいなんて言うんです。だけどもちろんそんなものが猫の体によくないことくらい、わたしは知っていました。

　だからきっぱりとこう言ってやりました。「フィンバラ通り二番地へ行って、アグネス・ヒューズに聞いてみなさい。もしほんとうにペリカンの煮物が体にいいのなら、彼女が少しくれるでしょう」。それから猫たちみんなと握手をしてお別れのあいさつをすませ、煙突の穴から追い出してやりました。彼らは、出ていきたくないといわんばかりに、とても残念そうでした。

　そうそう、思い出のためでしょうか、ディナーベルと紙ばさみを持っていってしまいました。すっかり消えてしまってから気がついたのですが、今度はわたしが残念がる番でした。そしてもどってくるといいなあと思いました。「なに*」がもどってくればいいのか、ですって？　気にしない、気にしない。

　アーサーとエミーとエミリーはお元気ですか。あいかわらずフィンバラ通りをうろついては、ハツカネズミに親切にしてやれって猫に教えていますか。フィンバラ通りの猫なら、わたしもみんな大好きですよ。

みなさんによろしく
それにしても「なに」が
もどってくればいいというのか？
気にしない　気にしない

きみの仲よし　ルイス・キャロル

＊「ディナーベルと紙ばさみ」か、それとも「猫たち」か？

エミー・ヒューズ*へ

（日付不詳一八七〇年ごろ）

いとしいエミー

「不思議の国のなぞなぞ」**うまく解けましたか。答えをみつけたと思ったら、わたしに教えてください。まちがっていたら、まちがっているって遠慮なくいいますからね。

あの三匹の猫がどうなったか、知りたいんですね。いやはや、かわいいやつらですよ。最初にやってきた夜から、わたしにつきっきりなんです。やさしいでしょう。アグネスにも知らせてあげてください。きっとおもしろがりますよ。

それに猫たちはやさしいばかりじゃなく、頭もいいんです。このまえわたしがちょっと散歩に出かけたときなんか、わたしの本を一冊のこらず棚から引っぱり出して、わたしがすぐ読めるようにと床に並べて、開いておいてくれたんです。どの本も五十ページのところがあ

エミー・ヒューズ Amy Hughes

けてありましたが、これは読み始めるにはうってつけのページだと思ったからにちがいありません。

ただ残念だったのは、猫たちが液体糊の瓶に目をつけて、これで写真を何枚も天井に貼りつけようとしたんですね。ところが手がすべって、糊を本の上にたっぷりとこぼしてしまったんです。

ですから本をたたんで棚にもどしたのが運の尽き、わたしの本はどれも永久に五十ページを読むことができなくなったのです！

まあしかし猫たちに悪気はなかったのですから、わたしも怒ったりしませんでした。それどころか一匹につき匙一杯ずつインクをご馳走してあげたくらいです。

でも猫たちはあまり嬉しいようすもせず、ひどいしかめっつらをしました。もちろん、ご馳走として出されたのですから、飲まないわけにはいきません。それ以来、一匹はまっくろに変身してしまいました。そう、はじめは白い猫だったのです。

子供に会ったら、どんな子供でもかまいませんから、わたしからよろしくと言ってください。それからキスを二つと半分、送りますから、きみとアグネスとエミリーとゴッドフリーで分けてください。公平に分けるんですよ。

きみの親しい友　C・L・ドジソン

＊　アグネスの姉。
＊＊　一八七〇年十二月、キャロルが『ジュディおばさんの雑誌』に発表した「不思議の国のなぞなぞ」のこと。（高橋康也・沢崎順之助訳『ルイス・キャロル詩集』筑摩書房刊、高山宏訳『キャロル大魔法館』河出書房新社刊参照）

イザベル・スタンデン*へ

一八六七年八月二十二日

いとしいイザベル

きみとはたった十五分間の友だちでしたけれど、レディングにはほかにそんな長い知り合いはいないので、少々お手をわずらわしても悪く思わないでください。

きのうあなたに公園でお会いするまえ、ある本屋で古本を何冊か買って、あとで取りに行くつもりで置いてきたんですけれど、その時間がなくなってしまいました。その店の名前さえ見てこなかったのですけれど、どこにあるかはわかっています。それで、もし店の持ち主の女の人の名前をあなたがご存じだったら、このメモのあけてあるところに書きこんで彼女の店にとどくようにして頂ければ、とてもありがたいのですけれど。

……わたしの友だちのルイス・キャロルという人が、あなたに本をお送りしたいと言っています。彼はわたしの大の仲よしなんです。生まれて以来このかたずっと知っていますし（わたしたちは同い年なんです）、いちども別れたことはありません。公園でももちろんいっしょでした、一ヤードとはなれていませんでしたよ——ベンチでパズルを書いてみせてあげていた、あのときだってね。気がつかなかったかしら。

十五分間の友　C・L・ドジソン

正方形三つうまく書けましたか。**

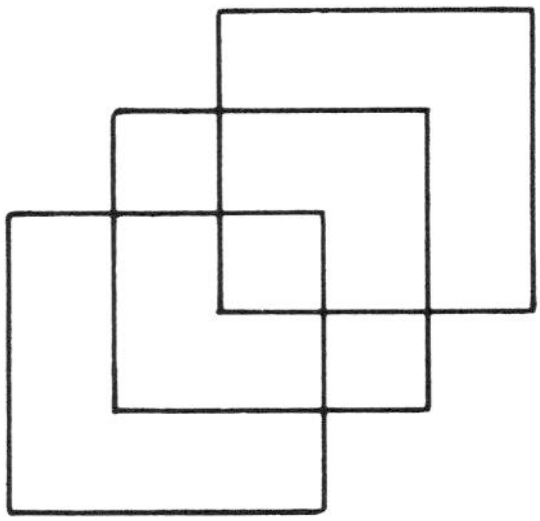

＊　レディングに住むダグラス・スタンデン中将の娘モードとイザベルとの初めての「十五分間」の出会いは、その後長い交際へと発展した。

＊＊　公園で教えたパズルの一つで、つながりあった三つの正方形を一筆がきで書く問題のこと。答えは高橋康也『キャロル

イン ワンダーランド』（新書館、七九ページ）の三つの円の書きかたと同じ。

Ⅱ章　1870年〜1880年

メアリー・マーシャルへ

オクスフォード　クライスト・チャーチ　一八七〇年四月十九日

かわいいひと
　きみの手紙としおりをけさルイス・キャロル氏にとどけました。しおりはうれしいと言っていましたけれど、受けとりたくないようすでした。「あの本はプレゼントだったのだ、お返しはいらない！」なんて言っていました。でも、わたしがなんとかなだめて、受けとらせました。
　彼はきみの手紙を見て、「あの本をあげるには大きすぎた、きみはあの子の年齢をまちがえたにちがいない」とわたしに言いました。「十三歳」じゃなくて「三十歳」じゃないのか？　十三でこんな字の書ける子がいるもんか！　というわけです。でも、わたしは彼によく言って聞かせました、きみが本当に子供で、海の底のとても名門の学校で勉強したんだって。*

彼はアリスについてもう一冊本を書いています。こんどのは、暖炉の上の鏡をくぐりぬけて、その向うに見えているあのすてきなお家に入ってゆくお話なんです。でも、いつごろできあがるのか、わたしにはわかりません。

彼からはきみによろしく、わたしからはあなたのおじいさまとおばあさまによろしく。水曜日、ぶじお家に帰れてよかったですね。キャロル氏に叱られました、「きみはあの子を家まで送りとどけるべきだったんだ。ぼくがきみだったら、あんな失礼なまねはしないぞ！」

仲良しの友　C・L・ドジソン

＊『不思議の国のアリス』第九章で、ウミガメモドキとグリフォンは自分たちの通った「海の底の名門校」の思い出を語る。

『不思議の国のアリス』〈テニエル画〉

ジャネット・メリマン*へ

クライスト・チャーチ　一八七〇年十二月十七日

親愛なるジャネット

ビス・ダト・クィ・キトー・ダト**（もちろんラテン語はおわかりでしょうね。そうでなくて、なんでメリマン博士の令嬢と生まれたかいがありましょうか？）ですから、きみのえらんだあの趣味の悪い写真をさっそく送りましょう。

それから、弟さんのことですが、きみの写真で、これなら弟さんの気に入るだろうときみが考えるようなものは、わたしの手もとにはありません。しかしそもそも、きみの考えることというのは、ふつう、正しいでしょうか、まちがっているでしょうか？　これは大問題ですね。数年間におよぶわたしの経験からおしていうならば、答は「まちがっている、ほとんどいつも」

でしょうね。それに弟さんが（いや、他のだれにしたって）よりによってきみの写真をほしがるなんていうことは、ありそうにないじゃないですか？　きみって、いったいナニサマです？　だから弟さんも心をきめて（「なぜきみは心をきめられないのか」これはたったいま思いついたなぞなぞです、「なぜならきめるべき心がないから」――この答、きみには当てられなかったでしょうね）、どっちの写真にするかはっきりわたしに言ってくれた方がいいでしょう。お父さまにお伝えくだささい、わたしが二十九日の会にお招きいただいて、お父君ならびに令夫人（伝言は正確に伝えること）にとても感謝しているって。ただし悲しいかな、ダンスはわたしの得意じゃないのです（ジャネット、尋ねていわく、「それじゃ、あなたの得意はいったいなあに？」。わたし、答えていわく、「九九の表です」）。
ジャネットよ、わたしのかくれもなき敬意をお受けあれ。

きみのことを気にしている友　ルイス・キャロル

「心がないなんて」少女は叫んだ。
柳眉をさかだて、

「持っていないですって、
わたしが心を！」
こだまがそれを聞いてそっと吐息をついた（みたいだった）。
「心を！」

「心がないなんて」少女は言った。
「おあいにくさま、
でもわたしにはちゃんと頭があるわ、
あごだって、頬だって、口だって、目だって、はなだって」
こだまが聞いてやさしく言った（みたいだった）。
「だって」

「あなたにないのは、いじわるな心」
こだまはささやいた。
「生き物をいじめたりこわがらせたり

そういう心。
わるいこと、さもしいこと、悲しいこと、
そういうことに向いた心」

だから、もしあなたのきらいなお友だちが、
あなたのいいところなんかなんにも知らず、
「あなたの心をさんざんさがしたけれど見つからなかった」
そんな心ないこと言ったって……

それはほんのクリスマス用の冗談、
だからジャネット、気にしない！

＊　オクスフォード大学古典語教授の娘。
＊＊　Bis dat qui cito dat（早く与える者は二度与える。同じものでも、あげるタイミングを失すると、値打ちが半減する）というラテン語の格言。

ビアトリス・ハッチ*へ

（一八七三年）

かわいいバーディ

わたしはトム広場**の門の外で、あの子がえらくぎくしゃく歩いているのを見かけました。きっとわたしの部屋をさがしているのだろうと思ったので、声をかけてみました。「どうしてバーディといっしょにこなかったの？」

するとあの子は答えました。「バーディは行っちゃったんでちゅもの。エミリーもよ。メイベルはいじわるだち」。両の目からは、ろうのような涙が頬をつたって流れおちました。

いや、これは、わたしとしたことが、うっかりしました。だれのことだか、まだぜんぜん言ってませんでしたね。きみの新しいお人形***のことですよ。お人形に会えて嬉しかったので、

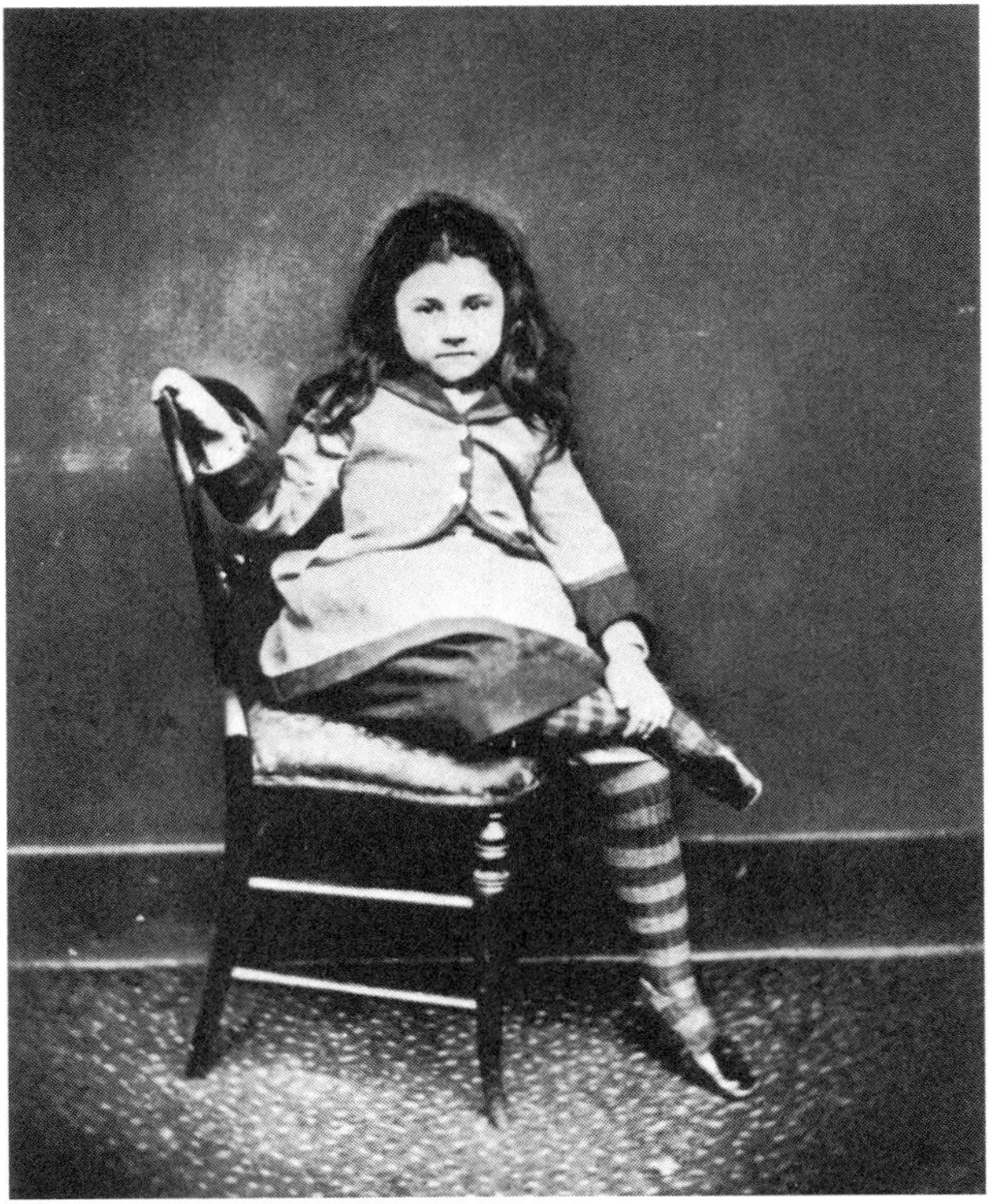

ビアトリス・ハッチ Beatrice Hatch

部屋へ連れてきて、安全マッチを少したべさせ、おいしい溶かしたろうをいっぱい飲ませてあげました。なにしろ、そうとう長い散歩でしたから、かわいそうにすっかりお腹はすくし、のどもかわいていたんです。

それからわたしは言いました。「さあ、火のそばへいらっしゃい。楽しいおしゃべりでもしようじゃありませんか」。でもお人形は「ちょんな、とんでもないわ」とことわるんです。「やめとくわ。だって、わたち、とてもあっさり溶けてちまうんでちゅもの」。

それから、わたしに部屋の反対側のとっても寒いところに連れて行かせ、わたしのひざに乗ってペンふきで自分の顔をあおぎはじめました。というのは、鼻のさきが溶けはじめているんじゃないかって、心配になってきたんだそうです。

それから言うことには、「わたちたちお人形、とっても気をちゅけなくてはいけないのよ、おじちゃまには見当もちゅかないでちょうけど。わたち、姉ちゃまがいたの、そちてね——ほんとのはなちよ、ちんじてね——手をあたためようと思って、炉のそばへ行ったの、そちたら、手が片一方ミギトレちゃったの。ほらね、ちんじないでちょ?」

「信じるとも。もちろんミギトレちゃったさ」とわたしは言いました、「だってミギ手だったんだものね」。「まあ、どうちてミギ手だってわかったの、キャロルおじちゃま?」とお人形が聞きましたから答えてあげました。「だって助かってシタリ顔なのはヒダリ手のほうだもの、とれたのは右手にちがいないと思ったのさ」。

お人形は言いました。「わたち、笑わないわよ。ちょんなの、へたなちゃれよ。身分のいやちい木の人形だって、もっとまちなちゃれが言えるわ。ちょうじゃなくても、わたちの口って、こんなに固くてこわばってるでちょ、どんなに笑いたくたってだめなのよ」。

「まあそんなに怒らないで。ちょっと教えてもらいたいことがあるんだ」とわたしは言いました。「バーディやほかのみんなに、どれでも好きな写真を一枚あげようと思っているんだけどね、バーディはどれを選ぶって、きみは思う?」すると返事は「ちるもんでちゅか!じかに聞いてみたらいいでちょ!」

そこで、二輪馬車で家まで送ってあげたというしだいです。さて、どの写真がいいですか?　キューピッドの扮装をしているアーサーのかな?　それともアーサーとウィルフリッドがいっしょにいるのかな?　きみとエセルが乞食の子供の恰好をしているのかしら?　エセルが箱の上に立っているのは?　それともきみひとりのかな?

きみの人形狂いの友　ルイス・キャロル

＊　オクスフォードの牧師エドウィン・ハッチの娘。キャロルの死まで、友情はつづいた。

＊＊　キャロルの住みかつ教えたクライスト・チャーチ学寮の中庭。

＊＊＊　キャロルがビアトリスにあげた蠟人形。「アリス」と名づけられ、テニエルのアリスと似た髪型をしていたというこの人形は、つねると、「パパア」「ママア」と叫んだ。

エラ・モニア・ウィリアムズ*へ

（一八七三年十一月）

かわいいエラ

きみにわたしの日記の第二巻をお送りします。きみのを**貸してくださってありがとう。今までのところ、きみが人に知られたら困ると思うようなところはほとんど見つかりません。なぜってつぎのような文章、つまり「七月十日、夕方からずっとすねていました。それで、ぷりぷりしてベッドにはいりました」とか、「七月十四日、新しいパラソルを買いました。見せびらかすためにバルコニーに坐っていました。女の子が通りかかって、わたしのこと、「なによ、孔雀がよそゆき着たみたいにつっぱって！」なんて言いました。その子の頭をパラソルでなぐってやりたいと思いました。でも手がとどきませんでした」とか、こういうのは、わたしに言わせれば、子供らしくてごく自然な文章と思えるからです。

きみの大の仲よしの友　C・L・ドジソン

＊　オクスフォード大学サンスクリット語教授モニア・ウィリアムズの娘。
＊＊　キャロルは自分のロシヤ旅行の日記と交換に、エラの旅行日記を借り受けた。

☘

一八七三年十一月十七日

いとしいエラ
日記をお返しします。ほんとうにありがとう。どうしてこんなに長く借りっぱなしだったか、わけを話しましょうか？　きみのいつかの話から察すると、きみは自分の日記を出版するつもりはぜんぜんなさそうですが、わたしがきみの日記の一部を三章ばかり抜き出して

Ella Chlora Williams

エラ・モニア・ウィリアムズ Ella Monier Williams

『マンスリー・パケット』*誌に載せるように送っても、怒らないでしょうね。人の名前でも、苗字は出さなかったし、題も『エラの日記――さるオクスフォード大学教授令嬢の一カ月にわたる外国旅行経験』といった程度以上にはっきりとはつけませんでした。『マンスリー・パケット』編集長のヤング女史から原稿料などお金を送ってきたら、かならずそっくり渡しますからね。

C・L・ドジソン

（日付不詳）

いとしいエラ

* のちに『もつれっ話』を連載するなど、キャロルが親しい関係にあった雑誌。

残念ながら、改めて申しあげます。あの手紙は一字一句ほんとうです。* もう少し情報をあげましょうか？　ヤング女史は原稿をボツにするとは言いませんでした。ただ、おそらく一章につき一ギニー以上は出せないでしょう。こんな金額でいいでしょうか？……

C・L・D

＊　まえの手紙のあと、エラから日記出版の話について半信半疑の手紙が届いたのだ。

☘

いとしいエラ

ちょっときみをかつぎすぎてしまったかな。でも、ほんとうの話、うそはなかったんですよ。「わたしが……しても怒らないでしょうね」といったのは、まさしく、わたしがそんなことをしなかったからです。

『エラの日記』以外の題もつけませんでしたし、また『エラの日記』という題をつけたとも言っていないでしょう？　ヤング女史はほんとうにボツにするとは言わなかったのです、なにしろ原稿を見てないんですからね。女史が三ギニー以上出さなかったというのも、まったくの事実で、説明するまでもありませんよね。

たとえ三百ギニーくれるといわれても、だれに見せるものですか！　わたしはきみに約束したんですからね。だれにも見せないって。*

とりいそぎ、ごめんください。

C・L・D

＊　まえの手紙によって、エラは日記出版の話を信じてしまった。この手紙でキャロルは嘘だったことを白状するが、しかし論理学的なへりくつを並べて、ついに謝まらない。末尾の忠誠の誓いによって、この「悪趣味」ないたずらは許されるであろうか？
ついでに言うと、この手紙は、キャロルが「手紙の書き方——八つないし九つの助言」というエッセイで薦めている「手紙は必ず写しをとっておくこと、つづきの手紙を書くときはその写しを目の前に置いて書くこと」という心得を、みずからよく守っていることを示している。

ゲイナー・シンプソンへ

一八七三年十二月二十七日

いとしいゲイナー

わたしの名前は「ジ」がつきます。つまり「ドヅソン」じゃなくて「ドジソン」*です。わたしの名前をまちがって書くあのたわけもの（もちろん下院議長のことです）および同じまちがいを犯す人間のすべてに対し、わたしは深く、かつ永久に腹を立てます。こういったことは、忘れることはできても、決して許すことのできないことです。もしまたあんな書き方をしたら、わたしもきみのことを「ヂィナー」**と呼びますよ。そんな名前がついていて幸福に暮せるものでしょうかね。

さて、ダンスのことですが、わたしは自己流でやらせてもらえるのでなければ決して踊りません。でもそのやり方というのは、言葉で説明できるものではありません。見た人でなければ信じてくれないでしょう。このまえ踊ろうとしたときは、その家の床をふみ抜いてしまいました。でも、それはお粗末な床だったんです――梁《はり》の太さがたった二十センチしかなくて、とても梁なんて呼べるしろものではありませんでした。

とにかくわたし流のダンスをするときは、石のアーチのほうがずっと安全でしょうね。動物園で、犀《さい》と河馬とがいっしょにメヌエットを踊ろうとしているのを見たことがありますか？　とても涙ぐましい光景ですよ。***

エミーがいちばんおどろきそうなことづてならなんでもいいですから、あの子に伝えてくださいい。

きみの怒りんぼうの友　ルイス・キャロル

* ゲイナーは"Dodgson"の"g"を落してしまったのである。

** 原文では"Gaynor"から"G"が落ちた"aynor"

*** 『不思議の国のアリス』のウミガメモドキとグリフォンの「ロブスター・カドリーユ」参照。

『不思議の国のアリス』〈テニエル画〉

ジュリア・アーノルドとエセル・アーノルド*へ

（一八七四年）

なんとまあ、きみたちは悪い子なんでしょう！　たとえ世界の歴史をすみからすみまで探しても、たとえネロとヘリオガバルスの昔までさかのぼっても、ひとから借りた童話の本の返しかたが、きみたちほど非情、残酷、軽率な子供たちは見つからないでしょうね。

そうそう、そういえば、ネロもヘリオガバルスも、自分たちが借りた童話の本を返し忘れたことは一度もありませんでした。これはぜったいたしかです。だって、そんなもの借りたことなんかなかったんですから。これもぜったいたしかです。だってその頃には印刷された本なんかなかったんですから。

きみたちの仲よし　C・L・D

＊ジュリアとエセル姉妹は、キャロルの出身校でもある名門パブリック・スクール、ラグビー校の名校長として知られたアーノルド博士の孫、文芸評論家マシュー・アーノルドの姪にあたる。ジュリア（愛称ジュディ）はのちにレナード・ハクスレーと結婚し、物理学者ジュリアンや小説家オールダスの母となる。

エセル・アーノルドへ

一八八四年（＊一八七四年の誤植か？）

……ジュディによろしく（ただしこれはとてもしぶしぶのヨロシクです）。そしてこう伝えてください。昨日わたしの部屋で彼女がしたまったくつめたい仕打ちを、許すことはできても忘れることはできません、とね。きみはその場にいませんでしたが、どんなふうだったかを述べたてて、きみの感じやすい心を傷つけたくはありません。だけど、いつか彼女には仕返しをしてやります。

たとえば、焼けつくように暑い日、彼女がこのわたしの部屋にいて、のどがからからで気絶しそうになっている。そこで、わたしはおいしく冷えたレモネードを一本取り出してくる。栓を抜き、大きなコップに泡を立てながらつぐ。つぎに、いったんコップを彼女のすぐ手の届くところに置いてから、わたしは自分でそれをすっかり飲みほす。それを眺めるとき彼女の味わう、ああなんという満足！　彼女が味わえるのは、その満足だけだ。彼女の唇のために、たったのひとしずくも残っていないのだ！………

きみの執念ぶかい友　ルイス・キャロル

マグダレン・ミラード*へ

クライスト・チャーチ　一八七五年十二月十五日

いとしいマグダレン
　きのうきみを訪ねなかったわけを説明しましょう。きみに会えなかったのは残念ですが、なにしろ途中でいろんな人に立ち話にまきこまれてしまったんです。きみに会いに行くところなんだっていくら説明しても、聞いてくれずに、「急いでるんだから」なんて言うんです。失礼ですよね。
　最後に会ったのが一台の手押車で、これならわたしの言い分を聞いてくれるだろうという気がしました。でも車に何が乗っているのか、見分けがつきませんでした。目をこらすと、なにかデコボコしたものが見えてきたので、望遠鏡を取り出して覗くと、目鼻立ちみたいなものが見えます。そこでこんどは顕微鏡を取り出して覗くと、なんとそれは人間の顔でした！　ちょっとわたしに似ているような気がしたので、わたしは鏡を取ってきて確かめたのですが、果たして、嬉しいではありませんか、それはぼくだったのです。

わたしたちが握手をかわし、まさに話を始めようとしたそのときです、わたし自身が近づいてきて、仲間に加わりました。三人で、それはそれは楽しい立ち話をしました。わたしが「このまえサンダウン**でいっしょだったの、憶えてるかい」と言うと、わたし自身が「あそこじゃ愉快だったねえ、マグダレンとかいう女の子がいたじゃないか」と言いました。するとぼくが言いました。「あの子ちょっと好きだったなあ、いや、大好きだったというんじゃないよ、ほんのちょっとだよ」。

やがて汽車に乗りこむ時間になりましたが、そのときわたしたちを見送りに来たのがだれか、わかりますか。まず当たらないでしょうから、教えてあげます。それはわたしのとても仲良しの親友二人だったのです。その二人がいま偶然ここにいて、この手紙に次のように署名してもかまわないだろうかと申しています。

きみを愛する友ふたり　ルイス・キャロルおよびC・L・ドジソン

* 牧師ジェイムズ・エルウィン・ミラードの娘。
** ドーヴァー海峡のワイト島の保養地。

フローレンス・バルフォアへ

オクスフォード　クライスト・チャーチ　一八八二年二月十日

小鳥ちゃん
　カナリヤに餌をやってからちょっとお散歩に行き、帰ってみたら鳥かごが生きた七面鳥ではちきれそうになっているのを見出したというさる老婦人や、夜、小さなテリアをつないでおいたのに、朝になってみたら、かわりに河馬が犬小屋のまわりで荒れ狂っているのを見たというさる老紳士の話をきいたことがありますが、そんなときの彼らの気持ちに似たような気持ちにわたしがおそわれたのは、ほかでもない、サンダウンの海でパシャパシャやって遊んでいた小さな子供のことを思い出そうとしていたちょうどその矢先に、まさしくそのおチビさんが突如としてスラリとした若い人物に拡大膨張した驚くべき写真に出くわしたからでありまして、その姿たるや、わたしなど恥ずかしくて見つめることもできず、そこで望遠鏡を使ってみたのですがやっぱりだめ、といって、その笑顔を見わけるには、いや、そもそも果して眉毛があるのかないのかを見きわめるためにも、やっぱり望遠鏡が必要なのでした。

やれやれ！　この長い文章でくたびれ果ててしまって、もうこう言うぐらいしか力は残っていません。――「写真二枚、ほんとにありがとう」――どちらもおそろしく本物そっくりでした。

こんどの夏はサンダウンへ行きますか。ほんの二、三日、ちょっとお寄りするぐらいならできるかもしれません。けれど、最近わたしはもっぱらイーストボーン*を根城にしているのです。

まちがいなくきみを愛する　C・L・ドジソン

＊　イングランド南東部、ドーヴァー海峡に面した海岸の保養地。キャロルはこのころ毎年のように夏をそこで過ごしていた。

ガートルード・チャタウェイ*へ

オクスフォード　クライスト・チャーチ　一八七五年十月十三日

いとしいガートルード

わたしはぜったいにお誕生日のプレゼントをあげないんですけれど、お祝いの手紙なら、ほらこうしてときどきは書くんですよ。そこで、きょう帰ってこられたので、あしたのきみの誕生日にいっぱいおめでとうを言おうとして手紙を書いているわけなんです。

もし自分で忘れなかったら、またもしきみが

キャロルの描いた
ガートルード・チャタウェイ

気にしさえしなければ、ご健康を飲みほす**といたしましょう——でも、きみは反対するかもしれませんね？

というのは、もしわたしが朝ごはんのときおとなりに坐って、きみのお茶を飲みほしたとしたら、きっとお気に召さないでしょう？　きっときみは「もうわたしプリプリ！　ドジソンさんったらわたしのお茶をみんな飲みほしてしまって、わたしのぶんすっかりなくなっちゃったじゃないの！」と言うでしょう。

ですからわたしが心配しているのは、今度シビルがきみを探しに行くと、きみは波打ちぎわに坐りこんで「もう、わたしプリプリ、ドジソンさんったら、わたしの健康を飲みほしてしまって、わたしのぶんすっかりなくなっちゃったじゃないの！」と泣いているんじゃないかということです。

それに、モーンド先生が往診にやってきたら、どんなに面くらうでしょうね。「奥様、残念ながらこのお嬢様には健康というものがすっかりなくなっています。このような患者は今までに見たことがありません」。お母様はこうおっしゃるでしょう、「ああ、それはかんたんに説明がつきますわ。娘はちかごろ奇妙な紳士とひょっこりお友だちになってまして、昨日その方がこの子の健康を飲みほしてしまったんですの」。

先生はこうおっしゃるでしょう、「なるほど、チャタウェイ夫人、ではこのお嬢様を助ける唯一の方法は、その紳士の次の誕生日まで待っていて、こんどはお嬢様のほうがその方の健康を飲みほすことですな」。
そうすれば、きみとわたしは健康をとりかえっこしたことになりますね。わたしのがお気に召すでしょうか。……これ、ガートルード、こんなばからしいおしゃべりはもうおよしなさい！

きみを思う友　ルイス・キャロル

＊　一八七五年夏、保養地サンダウンで知りあった少女。翌年出版された『スナーク狩り』の巻頭には、彼女の名を読みこんだアクロスティックが献詩として附されている。

＊＊　「あなたの健康を祈って乾盃」は英語では"I drink your health"というが、キャロルはこの熟語表現をわざと文字どおりに「健康を

『スナーク狩り』の挿絵
ヘンリー・ホリディ画

飲みほす」と受けとったふりをしている。ついになにやら吸血鬼めいた幻想がちらついてくるところが妙である。

☘

オクスフォード　クライスト・チャーチ　一八七五年十二月九日

いとしいガートルード

いけません、ほんとにいけませんよ、手紙のたびにキスを一つよけいに入れるなんて。重さが超過して、すごくものいりなんですよ。

この間の手紙のときですが、郵便屋はしぶい顔をして、「二ポンドいただきます」と言いました。「超過料金です」（ついでにいうとこの男は少しごまかしてるんじゃないかと思います。よく二ポンド払えって言いますけど、ほんとうは二ペンスぐらいのはずですよね）。

わたしはいとも優雅に片膝を折って（郵便屋に向かって片膝を曲げてひざまずいているわたしをあなたに見せたかった――ちょっとした見ものでした）こう言いました。「おお、郵便屋さん、おねがいですから今度だけは許してください。ほんの小さな女の子の手紙なんですから」。

「小さな女の子だと?」彼はがなりました。「小さな女の子ってのは一体何でできてるんだ?」

わたしは言いはじめました、「おさとうと香料と、それからなんでもすてき――」*とわたしが言いかけると、みなまで言わせずに、「いや、そんなんじゃない。小さな女の子なんて何のいいことがあるかっていうことなんだ。あんな重い手紙をよこしたりして、ええ?」

「そう、そりゃまあ、大していいことがあるってわけじゃないですけど」わたしはすこし力なく答えました。

「もうあんな手紙は受け取らんようにしたほうがいいですぜ」と彼は言いました。「少なくともあの子からはな。おれもあの子はよく知ってるけど、ありゃ本物のわるい子だぜ」。

うそですよ。ねえ? あの郵便屋がきみに会ったことなんかあるはずはないし、きみは悪い子なんかじゃないですものね。けれどわたしは彼に約束してしまったんです。これからは、手紙のやりとりはへらしますって。「ほんの二千四百七十通か、そのくらいだけ」と言いますと、彼は「ああ、そんなちっとなら、かまやしないさ。おれは、たくさんはいけねえっていってるだけなんだから」といってくれました。

そういう次第ですから、これからはわたしたちはちゃんとかぞえて、二千四百七十通になったら、もう手紙を出すのをやめなければいけません。もし郵便屋が許してくれればべつですがね。

ときどき、サンダウンの海岸の昔にもどりたいと思います。きみは？

きみの変らぬ友　ルイス・キャロル

なぞなぞ――尾をなくした豚とかけて、浜辺に坐っている女の子と解く。
心は――ひとつお話を聞き終わると、すぐ「おねがい、べつのを」**とせがむ。

＊「マザー・グース」の中の有名な童謡――
　女の子ってなんでできている？
　おさとうと香料と

それからなんでもすてきなものでできてるよ……。

** tale（物語）と tail（尾）のしゃれはキャロルの得意で、『不思議の国のアリス』第三章そのほか、よく使われる。

海辺のお嬢さんへ

（日付不詳）

ああ、お嬢さん、お嬢さん、昨日わたしは約束した通り、いっしょに岩の上を歩こうと思って海岸へ行きました。でもきみがべつの男の人と歩いているのが見えたので、まだわたしには用がないんだなと思って、ちょっとその辺をぶらついてからまたもどって来ました。ところがきみはどこにもいません。岩の上をずっと遠くまで探しに行きましたが、見あたりません。

たしかに、きみによく似たピンクの服を着た子供がいるにはいました。でもそばへ寄ってみると、ちがう子供でした。もちろんこれはその子がわるいんではありません。どうしたって、べつの人間であるのは仕方のないことですからね。

そこでわたしはその子が砂のお城を作るのを手伝ってあげて、それから家へ帰ってきました。帰るとちゅうずっと泣いたりはしませんでしたよ。

走り書きでごめんなさい。

C・L・ドジソン

イーナ・ワトソン*へ

ギルドフォード　栗の木邸（日付不詳　一八六九年ごろ）

いとしいイーナ

誕生日のプレゼントはあげませんが、カードぐらいはあげてもいいでしょう。お祝いを言いにお宅の玄関まで行ったのですが、そこで猫に出会い、ねずみにまちがえられて、そこらじゅう追いまわされ、足がへなへなになってしまいました。

なんとかお宅の中に逃げこんだところで、こんどはねずみに出会いました。ねずみは私を猫とまちがえて、暖炉の鉄具や、陶器や、びんを投げつけるのです。

もちろん私は外に逃げ出しました。すると出会った馬が私を手押車とまちがえて、農家まで私を引きずっていったのです。

いちばんひどかったのは、出会った手押車に馬とまちがえられたときで、私は馬にしばりつけられ、はるばるメローの町まで馬を引っぱっていかなければなりませんでした。**というわけで、おわかりでしょう、私はきみのいる部屋にたどりつくことができなかったのです。

でも、そのときさみは誕生日のお祝いに掛け算の勉強をいっしょうけんめいやっている最中だったそうで、そう聞いて、私はよろこびました。

ただ、台所をのぞくひまはあったので、立ち寄ってみると、パンくずと、骨くずと、丸薬と、糸巻きと、ルーバーブと、下剤で作ったおいしそうなパイのごちそうができあがっていました。***

それで私は「よし、これならあの子もうれしいだろう」と思って、微笑を浮べながら、お宅から帰ったのです。

きみの親友　C・L・D

＊　牧師ジョージ・ワトソンの娘。

** 猫との出会いからここまでのてんやわんやの追跡ごっこは、バスター・キートンの映画を思わせる。

*** 『不思議の国のアリス』第一章でアリスが飲んだびんの中味は「チェリー・パイとカスタードとパイナップルとロースト・ターキーとタフィとトーストがまざったような味」がしたけれど、このパイはもっとキテレツな味がしそうである。

『不思議の国のアリス』
〈テニエル画〉

The

My Ina,
Though don't give
birthday presents, still
April
write a birthday .
June
came 2 your 2
wish U many happy returns
of the day, the met
me, took me for a ,
hunted me and
till could hardly
However somehow got
into the , there
a met me, took me
for a , and pelted me

with 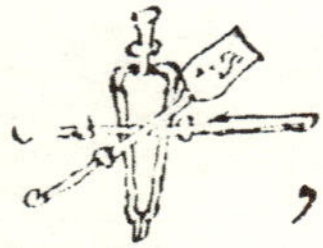, ,  . Of course  ran into the street again,  a  met me  took me for a ,  dragged me all the way 2 the ,  the worst of all was when a  met me  took me for a . I was harnessed 2 it,  had 2 draw it miles and miles, all the way 2 Merrow. So U C I couldn't get 2 the room where U were.

However I was glad to

hear U were hard at work
learning the

	2	3	4	5
2	4	6	8	10
3	6	9	12	15
4	8	12	16	20
5	10	15	20	25

for a
birthday treat.

I had just time 2 look
into the kitchen, and 
your birthday feast
getting ready, a nice
 of crusts, bones, pills,
cotton-bobbins, and rhabarb
and magnesia – "Now," I
thought, "she will be happy!"
and with a  I went
on my way.

Your affte friend

C. L. D.

アデレイド・ペインへ

オクスフォード　クライスト・チャーチ　一八八〇年三月八日

かわいいエイダ
（あなたの名前を縮めるとこうなるのでしょう？　「アデレイド」というのはとてもけっこうな名前なんですけれど、おそろしく忙しくてそんな長い単語を書くひまがないときがありますし――どういう綴りだったか思い出すのに半時間もかかるようなときはなおさらですが――その上正しく書けたかどうかしらべに辞書を取りに行かなければならなくなって、するとその辞書はべつの部屋の本棚のいちばん上の高いところにあるにきまっていて――しかもそこに何ヵ月も放ってあったものだから、ほこりだらけになっていて――そこで、とにかくまずはたきをかけなければいけないし、そうするとほこりで息がつまりそうになるし――そうやって努力してやっとどこまでがほこりで、どこからが辞書か区別がつくようになっても、こんどはAはアルファベットのはじめに来るのか終りに来るのか思い出さなければならないし――とにかく真中へんではなかったという気はするのですけれど――さて、ページをめくろうとして、いや、その前に手を洗わなければならないと気がつくんですが――というのは、あんまりほこりが分厚くついてしまって、目で見ても手かどうかわからないくらいなので――ところが、そういうときにかぎって、石けんはどこかへ行ってしまい、水差しはからっぽ、タオルはなし、というわけで、何時間もかかってそういうものを探しまわったあげく、とどのつまりは、やっぱり新しい石けんを買いに荒物屋まで出かけなくちゃならない――と、まあ、ざっとこんなふうにいろんな面倒がかかるので、きみの名前を縮めて、「かわいいエイダへ」と書いても許して下さるでしょうね。）

この前の手紙で、わたしの写真をほしいと言っていましたね。だからここに同封します。気に入るといいですが――この次の次のとき、ウォリントンに行ったら、忘れずにお訪ねします。

きみを忘れない友　ルイス・キャロル

バーティ*へ

ギルドフォード　栗の木邸　六月九日（年不明）

親愛なるバーティ

お望みどおり君に手紙が書けたら嬉しいんだけど。ただ、いくつか問題があるのだ。君だって、わけを聞いたら、ぼくが「書けない」と言うのももっともだとわかってくれると思う。第一の問題はインクがないこと——信じられないって？　そう、ぼくの若かったころのインクがどんなものだったか、きみに見せたかった！（それはウォータールーの戦いのころだった。ぼくは一兵卒として参加していた）

そのころは、インクを少し紙の上にこぼしさえすればよかった。そうすれば、ひとりでに動いて行ったものだ。それにひきかえ、いまのこのインクときたら、とてもお馬鹿さんで、始めの単語を書いてあげても、自分の力で文章を書きおえることもできないしまつさ。次の問題は、時間がないということ。信じられないって言うの？　まあ、いい。あのころの時間というものを君に見せたかった！（それは、ウォータールーの戦いのころだった。ぼくは連隊長だった）いつも一日は二十五時間、ときには三十時間か四十時間のこともあった。第三の、そしていちばん大きい問題は、わたしは子供が大きらいだということだ。なぜだかさっぱりわからないけれど、とにかくただきらいなのだ——肘かけ椅子がきらいだったり、プラム・プディングがきらいだったりするのと同じさ。

信じられないだって？　君が信じるだろうなんて、だれが言った？　あのころの子供というものを君に見せたかった！（それは、ウォータールーの戦いのころだった。ぼくはイギリス軍の総指揮官だった。当時はデューク・オヴ・ウェリントンと呼ばれていたんだけれど、そんな長い名前がめんどうくさくなって、「ミスター・ドジソン」にかえたんだ。なぜこの名前を選んだかというと、「デューク」と同じ「D」の字ではじまるからさ）

そういう次第で、君に手紙を書くわけにはいかなかったのだ。

君には姉妹はいたかしら？　思い出せないんだけど、もしあったらよろしく。写真をぼくのところに置いておいていいそうで、おじさんとおばさんに感謝しています。

がっかりしちゃいけない、手紙をもらえないからといって――

君の親しい友だちの　C・L・ドジソンからね

＊　これは、（本書の第一の手紙の弟エドウィンをのぞけば）入手しうるかぎりで、キャロルが男の子にあてた唯一の手紙である。

キャロルの男の子ぎらいは有名だが、最後に「姉妹」のことにさりげなく探りをいれているのが本音か。

メネラ・ウィルコックス*へ

イーストボーン　グロヴナー・ハウス　一八七七年七月十四日

いとしいネラ

もしもイーストボーンがスカーボロ**から一マイルぐらいしかはなれていないなら、明日にもきみをたずねて行けるのに。でも、こんなにはなれていてはしかたありません。

昨日広場で、小さい女の子が行ったり来たり走りまわっているのに会いました。その子は、ちょうどわたしのところまで走ってきては、ちょっと顔だけ見て走り去って行くのです。六回目ぐらいのとき笑いかけてみると、その子もにっこりしてまた走って行きました。その次のとき手を出すと、すぐに握手をしたので、「その海草をくれない？」と言ってみたら「だめ！」と言ってまた行ってしまいました。

その次のときに「海草のはじをちょっと切ってくれない?」と言うと「だってはさみを持ってないもの」と言いました。そこで折りたたみのはさみを貸してあげると、よく注意しながらちょっぴり切りとってわたしにくれて、それからまた走って行きました。でもすぐもどって来てこう言いました。「わたしね、びっくりしちゃったの。お母さまがこわい顔して、おじさんにあげちゃいけませんって言うの」。

そこでわたしは海草を返して、お母さまに針と糸で二つの切れはしを縫い合わせていただきなさいと言ってあげました。するとその女の子は笑って、二つともポケットに入れてとっておくわと答えました。ちょっと変ってますね、このおチビさん。

それにひきかえ、きみは話のあいだじゅうあちこち走りまわったりしないので助かります。マティルダ・ジェイン***はいかがですか? 雨の中を靴もはかずにとび出したりなんかしてないでしょうね?

きみのことをいま思い出した伯父　チャールズ・L・ドジソン

* キャロルのいとこ。

＊＊　イングランド中東部の海岸の保養地。
＊＊＊　メネラの人形。

☘

オクスフォード　クライスト・チャーチ　一八七八年十月二十日

親愛なるネラ

ナプキンリングをどうもありがとう。でも、知りませんでしたか、わたしはこういう物は使わないんです。代りに誰かほかの人にあげても、気をわるくなさらないでしょうね。

もしほんとにわたしに何か作って下さろうというのなら、小さな手さげをお願いします（そう、この紙ぐらいの大きさの四角い手さげです）。そういうのならほんとに役に立ちますし、大喜びで使わせてもらいますよ。ついでにきみの頭文字をつけておいてください、だれが作ってくれたかいつも憶えていられるようにね。

さて、ひとつ情報があります。じつは先日イーストボーンで見たんです――何を見たか？

もちろんスナークだろうですって？　残念でした。でも、あたらずといえども遠からず。こういうわけなんです。ビビイという名の女の子をあずかっている、ある婦人に会いに行ったんです（その子は七歳で、インドから来た子です。きみのお母さまがあずかってあげるようになるといいんですがね。きみがその子を好きになることうけあいですよ）。するとそこへその子の弟がはいって来て、きっとなにかいたずらをおっぱじめたんでしょう、そのご婦人が突然こう叫んだんです。「いけません、ブージャム！　それにさわっちゃ駄目よ！」ついに生きているブージャムの実物を見ることができたなんて、なんとステキなことじゃありませんか。

幸いにもわたしは消えうせませんでした。まあ、わたしはパン屋じゃないんですから当然ですけどね。* ブージャムの本名が何というのかは知りません。ビビイの本名は「クレア」（きれいな名前ですね）――「クレア・タートン」といいます。

今は真夜中です。だからお休みなさい。もう寝なくては。わたしの心からの愛情とキスを十四個送ります。これで一週間はもつでしょう。

きみを愛するいとこ　ルイス・キャロル

＊『スナーク狩り』によれば、スナークと呼ばれる珍獣のなかのもっとも恐るべき種類はブージャムである。スナーク狩りの一員であるパン屋は、ブージャムを見たとたんに、谷底へ「ひっそりと消えうせ」てしまう。

『スナーク狩り』の挿絵
ヘンリー・ホリディ画

☘

クライスト・チャーチ　一八七八年十一月十九日

いとしいネラ
なんてかわいらしい手さげでしょう！　それに実用一〇〇パーセントです。これなら、わたしが持って歩きたいものをなんでも入れられます――キンポウゲとか、生きたハツカネズミとか、そのほかなんでもござれです。ほんとにほんとにありがとう。いつになってもこれを使うたびに、きみを思い出すでしょう。

C・L・D

アグネス・ハル*へ

クライスト・チャーチ　一八七七年十二月十日

いとしいアグネス

ついにきみを忘れるのに成功しました！　とてもむずかしい仕事だったけれど、「忘れかた教えます」という個人レッスンを六回うけたんです。一回の授業料は二シリング半でした。三回レッスンをうけたら、自分の名前を忘れることができました。それからそのつぎのレッスンに行くのも忘れました。先生も、なかなかの上達ぶりだとほめてくれましたが、「ただし授業料をはらうのは忘れないようにしてくれたまえ」とおっしゃいました。それはこんごのレッスンの調子によるでしょうって、わたしは答えたんですが、それがなんと、最後の六回目のレッスンがとてもすばらしかったので、わたしはなにもかも忘れてしまったんです！　自分がだれなのかも忘れ、夕食も忘れ、それからいままでのところ、授業料をはらうのも忘れたままです。

　きみに、先生の住所をおしえておきましょう。きみも、わたしを忘れるため先生のレッスンをうけたくなるかもしれませんからね。その先生はハイド・パークのまんなかに住んでいて、名前はノーム**・エメリー博士といいます。

　それにしても、なにもかも忘れるというのはじつにいい気分なものです、アグネスのことも、エヴィーのことも、それから……ええと……とにかくいまのわたしのしあわせな気持は冬晴れとでもいったところです（「五月《さつき》晴れ」といいたかったのですが、いまは冬ですから）。

　ああ、アグネス、アグネス！　どうしてきみはいちども、オクスフォードにきてわたしに写真をとらせてくれないのです？　一週間まえとった写真は最高のできばえでしたが、そのためにはモデル（十歳の女の子でした）に一分三十秒もじっとしていてもらわなければなりませんでした。このごろは光がすっかり弱くなっていますからね。

　でも、きみがだれかにここまで連れてきてもらえれば、かならずとってみせます。いまからでもおそくありません。わたしはクリスマスちかくまでここにいます。アリスに頼んでごらんなさい。きみをイギリスじゅう連れてまわるための姉さんじゃないのですか？　さもなければ、姉さんなんて意味ありません……。
エヴィーによろしく。

じつはきみを忘れられない友
ルイス・キャロル

＊　キャロルがロンドンの弁護士ヘンリー・チャールズ・ハル一家と知りあったのは、一八七七年夏のイーストボーンの海岸だった。アリス、アグネス、イヴリン（エヴィー）、ジェシーの四人姉妹のうち、キャロルのとくべつのお気に入りはアグネスだった。
＊＊　ノーム（Gnome）は「小鬼」の意。

☘

クライスト・チャーチ　一八七八年十月十七日

いとしいアグネス
これはしたり！　十歳の若いご婦人がたった一ペニー節約するために犯した卑劣な行為は、これまでかずかずあったかもしれませんが、なかでももっとも卑劣なのは、わたしがかくも多くの眠れぬ夜をついやしたあの宝物のような本を、＊書籍小包で送り返すという行為ではないでしょうか？

表紙のかどはとちゅうでさんざん痛めつけられ、のみならず本の中味まで郵便局員たちに読まれてしまい（連中ときたら、この種の大事な本を読むときはかならずそのまえに石炭を炉にくべて、まっくろい指紋をどのページにもつけるんです）、おまけに美しい革表紙は郵便局の猫たちによってひっかかれる——その女の子はまさにそういうことを狙っていたのだ！

おそるべき子よ、きみにはもう二度とあの本を手にする資格はない！　もちろん、きみのほんとうの狙いはわかっています。ちゃんとした郵便で送るとすると、いっしょに手紙をそえなくてはならない。だがそんなことをするのはきみのプライドが許さない——そういうわけでしょう？

ああ、プライド、まったくこのプライドというやつは！　プライドさえなければなんとかがまんできる子供も、プライドのおかげですっかりだめになってしまう！

とくにいけないのは、生まれのよさを鼻にかけるプライドです。そもそも、ハル家がきみのいうほど古い名門だとは、わたしには思えません。ノアの方舟の船体《ハル》をつくったヤペテがその後ハルという苗字を名のったのだとかなんとかというきみの説**は、てんで問題になりません。だいたい、方舟には船体《ハル》というべきものがあったかどうか、わたしは疑わしいと思っています。おまけに、ヤペテの妻の名がアグネスで、きみはその名をもらっているんだという珍説にいたっては、きみ自身、それがでっちあげだって知ってるはずです。ついでに申しあげておきますが、かくいうわたしもヤペテの子孫なんですからね。まあ、その鼻を（それにそのあごも、目も、髪の毛もです）そんなに高く天のほうにもちあげないことですね！……

きみの誇りたかい友　ルイス・キャロル

*　「宝物のような本」とは、キャロルがアグネスのためにつくった詩やなぞなぞを書きためたノートブックのこと。「美しい革表紙」というのは嘘だろうが、いわゆる大学ノートなどよりはずっと立派な「本」であったろう。

**　ヤペテうんぬんは、アグネスが言ったのではなく、すべてがキャロルの「でっちあげ」にちがいない。

一八七八年十月二十二日

いったい、どうしてあの子にわかるっていうのだ、本が痛まなかったって？　いちばんよく知っているのはこのわたしのはずだぞ。なにしろ、朝から夜までその本を前において、何時間もぶっつづけに涙のにじむ目でにらめっこをしているのだから。そもそも、わたしが口にもしなかったことがいくつもあるのだ。たとえば、ページとページのあいだに何匹カブトムシがつぶれてはさまっていたかとか。

ところで、わたしが「きみを愛する」とサインするときみはもう一歩へり下って「あなたの親愛なる」と書きます。よろしい、ではわたしはもう一歩へりくだりましょう、そしてこうサインします。

あなたさまの忠実な真剣な友　ルイス・キャロル

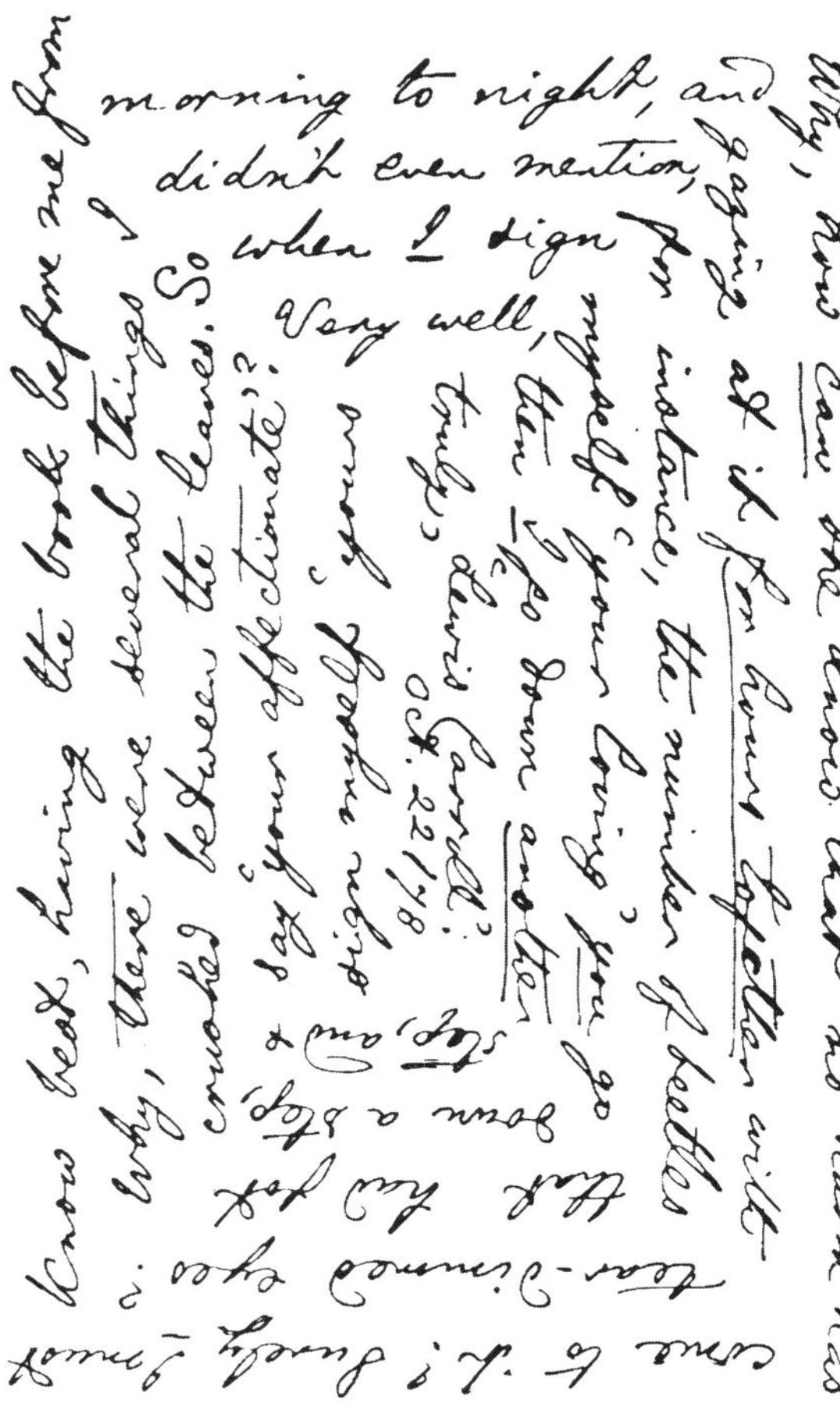

Why, how can she know that no harm has come to it? Surely I must know best, having the book before me from morning to night, and gazing at it for hours together with dear-Dinah's eyes? Why, there were several things I didn't even mention, for instance, the number of beetles that had got crushed between the leaves. So when I sign myself "your loving" you go down a step, and say "your affectionate"? Very well, then I go down another step, and sign myself "yours truly, Lewis Carroll." Oct. 22/78

クライスト・チャーチ　一八七八年十一月十六日

いとしいアグネス

さっきの手紙を書いたのは十時でしたが、いまは二時半です。さっきの手紙のさいちゅうに、ドアをノックする人があり、見ると、入ってきたのはバロネット（男爵）でした。

この言葉は、きみからジェシーに説明してもらう必要があるでしょう。彼女はきっと「バローネット」、つまりバロー（手押し車）をつかまえるためのネット（あみ）のことだと思うでしょう。しかし、そのためならネットはいりません。手押し車をつかまえたければ、かんたんに手でつかまえられますからね。でも、どうして手押し車をつかまえなければならないんでしょう？　そんなもの、いざつかまえたら、どういうふうに取りあつかったらいいのか、さっぱり分からないじゃありませんか？

というわけで、入ってきたのは、ネットじゃなくて（よくジェシーに言ってくださいよ）、生きた人間なんです。「サー」という字が名前のまえについていて――「サー・ナンノダレベエ」っていうんです（これがその人の本名というわけじゃないですよ）。で、十時から、まあ正しくは十時ごろからいままで、ずっとおひるをたべたり、講義をしたり（いちどきにじゃありませんよ）していたというわけです。

きみにあげる約束のノートブックのことですが、もうすこし忍耐の美徳というものをわきまえたらどうでしょう？　きみがいまもっている美徳といったら、なんともわずかなものですが（きみの人格はいまのところ二つのものでできあがっています――嘘つきと怒りんぼ、それにちょっぴり欲ばりがまじっているというところ）、せめて忍耐をつけたしたほうがよろしいでしょう。

ノートブックはじつをいうとカブトムシの死体がいっぱいついてよごれてしまっているので、まずクリーニングに出してからでないと、きみには送れません。でも、「本のしみ」を抜くことができるクリーニング屋がまだ見つからないのです。

それに、新しいなぞなぞがまだひとつしかできません。「アグネスとかけて寒暖計ととく、心は？」

「心は、寒いときは、起きあがりたがらないから」*――これは、きみとしては、あまりノートブックに書き入れてもらいたくないでしょうからね。お母さまに、イヴリンとジェシーの写真をどうもありがとうとおつたえください……。

拒絶された傷心の友　C・L・ドジソン

＊キャロルから朝食のまえの散歩にさそわれたアグネスは、早起きはいやだとことわった。「起きあがる」の原語“rise”には寒暖計が「あがる」の意がかけてある。

☘

クライスト・チャーチ　一八七九年三月五日

いとしいアグネス
　ございそくのノートブック、いまお送りしてもしかたがありません。あれからぜんぜんふえていないんです。新しいなぞなぞはたえず考えつくんですが、いざ書きこもうとして、ノートブックをひらくと、やれやれ、まえに考えたものだったってわけです。ページのあいだから、そいつが、実物大で、生きものみたいに、いや、ばけものみたいに、ぬーっと、わたしの顔を見つめているんです。まったく、生きてるみたいに、わたしがノートブックをすっかりあけるのを待ちかまえていて、さっとそこから抜け出していって、しまいに勝手に自分の店をひらいたりするしまつです。

だから、いまでは、ノートブックはからっぽ同然です。たくさんのなぞなぞがそういった調子で抜け出していってしまったからです。

連中はみんなロンドンに上京したんです。ロンドンの町を歩いてみると、じきにわかるはずですが、連中はそろって「スミス」という名前をなのって、主として「紅茶、コーヒー、こしょう、タバコ、かぎタバコ（ただしお持ちかえりお断り、店内にてご飲用のこと）*」をあきなっています。

いちばん上等な愛を少々きみに送ります。それと、二ばんめに上等なのも少々送りますから、きみの判断でてきとうにほうぼうへおわけください。ただし、わたしのことを好きなひとにかぎりますよ。

のであろう。

＊「スミス」は当時ロンドンでめだったチェーン・ストアの名前。こういう看板を出していた

☘

きみをまだ愛している友
C・L・ドジソン

クライスト・チャーチ　一八七九年十一月二十六日

……きみの手紙の書き出し、とても気に入りました。ところが、きみときたら、あんなに優しいことを書いたのは、わたしに、ライシウム劇場*へ連れていってもらうからで、そのほかの理由ではないなんて書いて、せっかくのわたしの喜びをだいなしにしてしまうんですからね！　そんな優しさなんて、わたしはまっぴらです。

戸だなにミルクがしまってあるなと察して、甘い声をだしたり体をすりつけてきたりする

けれど、ないとわかればツンとしている、そんな猫の優しさを、きみはありがたがるでしょうか？　だから、こんどくれる手紙は、ライシウム劇場なんてものがこの世に存在しないかのように書いてください。そして十二月二十日の午後、わたしといっしょにライシウム劇場へおいでください。というのは、たまたま、奇妙なことに、その日の切符が二枚あって、一枚をだれにあげたものかと困っていたところだからです。

その日、わたしはハットフィールド**からそちらへまわる予定です。だからわたしの態度が、はじめすこし尊大でも、気にしないでください。なにしろ、貴族や貴族夫人たちでいっぱいのパーティーですからね。そこからやってきたばかりのわたしが、なんの肩書も身分もない女の子を軽蔑するのはむりないでしょう？　でも、じきにそういう態度は消えて、わたしの鼻の高さもいつもと同じくらいに、もどるでしょう。

アリスといっしょじゃなくてもこわがらないでしょうね？　きみが気絶でもしたときのために、乾し草をすこしもっていってあげます。これをモグモグかめば、だいじょうぶです。

エヴィーとジェシーにかぎりないキスを送ります。「きみにも同じく」といえないのは残念です。だって、あの二人にかぎりなくキスをしていたら、どうしてきみにキスをすることができるでしょう？

いやましてきみを愛する友
ルイス・キャロル

* ロンドンの劇場。
** ロンドン北方三十キロの古い町。

♣

一八七九年十二月十五日

わたしのア…グ…ネ…ス

もちろんわたしには、イヴリンがどうして手紙をくれないのかわかっています。二回目の招待に、彼女をいれなかったから、ひどく怒っているんです。一回目のときは、子供用の『軍艦ピナフォー』*を見に、ジェシーとエミアットとそれにイヴリンを誘ったのですが、こんどはジェシーとエミアットだけをストランド劇場へ連れてゆくつもりなのです。でも、わたしとしては、つぎのようなプレゼント分類表をつくっています――

悲劇

アリス	『ヴェニスの商人』 誘って断られる。
エミアット	まだひとつも誘わず。
アグネス	『ヴェニスの商人』 誘って承諾される。ただし来る気はなし。
イヴリン	まだひとつも誘わず。
ジェシー	『バンチー』

ミュージカル

アリス	『フェイヴァート夫人』十月四日。
エミアット	同右　十二月二十日の予定。
アグネス	同右　十月四日。
イヴリン	同右　十月四日。
ジェシー	同右　十二月二十日の予定。

	その他のプレゼント
アリス	「割引き」についての講義。申し出て断られる。
エミアット	学校の成績がよかったことに対するお祝い。
アグネス	キス——申し出て断られる。
イヴリン	フューリー**を二日間あずかってあげる。
ジェシー	ローマ教皇に紹介してあげること——申し出て承諾される。

これでおわかりのとおり、エヴィーが招待される権利のあるのは、じつは「悲劇」なのです。どうか彼女にこの点をわからせてあげてください。そして怒ってはいけない、「フューリー***」は彼女のような女の子には似合わないからってよくお伝えください。

きみを愛する友

C・L・D

＊　ギルバートとサリヴァン共作の「サヴォイ・オペラ」のひとつ。
＊＊　イヴリンの愛犬。
＊＊＊　Furyには「怒り」「復讐の女神」の意がある。

♣

クライスト・チャーチ　一八七九年十二月十八日

かわいいアギー
……わたしの手紙がどれも大まじめだなんて思ってはいけませんね。そんなことでは、これからさき、こわくてきみに手紙が書けなくなってしまいます。エヴィーはわたしが『フェイヴァート夫人』に誘わなかったので怒っているにちがいない、とわたしが書いたのは、もちろん、うそっぱちです。これがわたしの癖なんです。
ところで、きみの考えによれば、われわれはもうじき会うというのですね？　だからもうあまり手紙を書いてる時間はないと？

わたしにいわせれば、われわれの出会いは、ああ、なんと遠いことに思えることか！　何時間も何時間も――すくなくとも三十時間か四十時間はあるでしょう。それに、手紙ならあと十五通は書く時間があります――今日四通、あす八通、それから土曜の午前に三通。きみはきっと郵便屋のノックの音にすっかり慣れてしまって、「ああ、またドジソンさんからの手紙にきまってるわ！」とだけ言い、女中がそれをもってくると、「読んでるひまないわ、火にくべてちょうだい！」なんて言うことになるでしょう。

アリスによろしく。試験のことは気にしないように言ってください。オクスフォードの入学試験では、いちばんできる受験生はいつも、自分は落ちるって思うものです。でもけっきょくは、みごと頭にカリフラワーの冠をいただいて合格することになっています。アリスだって、もちろんそうなるにきまっています。

そうそう、急いでこの手紙を終りにしなければいけません。さもないと、今日じゅうにきみにあと四通書くひまがなくなってしまいます。

きみを待つ友
C・L・D

オクスフォード　クライスト・チャーチ　一八八一年三月二十五日

わたしのいとしいアギー（もっとも、きみがわたしに与えた苦しみを思うと、字をすこし入れかえて「わたしのギアーいいしと*」と言いたい気分です）

雪のため、わたしがロンドンからオクスフォードへ帰るのが遅れたのを、きみはご存じだとのこと。それをきいて、わたしはすぐピンときました。ははあ、きみが『タイムズ』のあの記事を読んだなって――。

「この降雪のために遅れた乗客のうちの一人については、名前をここにあげる必要はあるまい。イギリスでもっとも有名な人物、と記すだけで足りる。もっとも丈高く、もっともたくましく、もっとも美しいばかりではない、それらすべてであるが、それらは取るに足らない。その人はもっとも知恵すぐれ、もっとも愛嬌まさり、もっともエトセトラ、エトセトラ」

そこでさっそくわたしはきみに手紙を書いて、こう言おうと思っていたところなのです——。

『タイムズ』編集部がこんなふうに誰のことかすぐわかるような書きかたをしたのは、じつにけしからん。わたしがその汽車にのっていたことが明るみに出ないよう手を打ってほしいと、さきほど編集部あてに手紙を出したところだ、うんぬん。

しかし、わたしはもういちど考えなおしました。自分のことについて手紙を書いたりしないのが、ほんとうはいちばん奥ゆかしいことなのだと。だから、これ以上はもう語るのはやめます……。

きみゆえに苦しむ
ルイス・キャロル

＊ 原文では“My own Aggie”を“My Aggownie”に変えている。これは「マイ・アゴニー」（わが苦しみ）と聞える。

クライスト・チャーチ　一八八一年四月三十日

おぞましき蜘蛛《くも》よ

（きみの言うとおりです。手紙の書きはじめをどうするかなんて、どうでもいいことですし、ついでにいえば、手紙のとちゅうをどうするか、いや、手紙の終りをどうするかだって、まったくどうでもいいことなのです。

それから冷たい書きかたをすることも、すこし慣れれば、やさしいことで、どちらかといえば、暖かい書きかたをするよりもやさしいでしょう。たとえば、このまえも、学寮*の用事で学寮長に手紙を書いたんですが、書きはじめを「親愛なる小動物どの」とやったら、相手は、ばかばかしいことに、憤然として、こんな書きかたは無礼だと言うのです。大学の副学長にいって、わたしをオクスフォードから追放してやる、といきまいています。それもこれもみんなきみのせいですよ！）

いや、残念ながら、エレン・テリー**のだいじな本はきみの家には送るわけにはいきません。このわたしとわたしのいとこにだけ、貸してもらったものなのですから。しかしイーストボーンに行くときに、その本またはコピーをもっていくつもりですから、もしそうなれば、いつでもきみがぶらりとひとりで（そんなきみの姿が目に見えるようです）わたしのところに寄って、わたしの本やら、写真やら、遠眼鏡やらをいじくりまわしているようなとき――そのあいだ、わたしは仕事をしながら片目で、きみがいたずらをしないようにひそかに見はっていなければならない――まあ、そんなとき、きみにエレンの本をちょっぴりのぞかせてあげてもよろしい。

きみはきっと片目で本をよみながら、もう片方の目でわたしの方に感謝にみちた微笑を投げかけることでしょう……。

ではさようなら。

いつもきみをさげすんでいる

C・L・D

＊　オクスフォード大学（ユニヴァーシティ）はいくつかの学寮（カレッジ）から成っている。学寮の長は学寮長だが大学全体の行政的組織の最高位には副学長がいる。

＊＊　アグネスへの九日前（一八八一年四月二十一日）の手紙で、キャロルはごひいきの女優エレン・テリーからある本を送ってもらったことを告げ、「きみがとてもいい子だったら見せてあげる」と書いている。

エレン・テリー Ellen Terry

☘

クライスト・チャーチ　一八八三年一月二十六日

とてもいとしいアギー

（だめ、どうしてもだめです。頭もしっぽもないような手紙をこれ以上書くことは、わたしにはできません。「いとしい」わけでもない女の子を「いとしい」と呼ぶことはできないのと同じです。だから、この書きだし、どうかがまんして下さい。

きみが自分の手紙にどんな頭やしっぽをつけても、わたしはありがたく受けいれることにします。きみのこのまえの手紙、なかみばかりでなく、封筒もとてもうれしかったです。なにしろ、そのまえのやつはだいぶくしゃくしゃのよれよれになってしまっていたからです。どういうことか説明しろですって？　聞いてもうぬぼれないって、約束できるかな？　わたしはいろいろな値段の切手をいくつかの封筒に入れて集めているんですが、しょっちゅう手にとって打ちながめる封筒なものですから、その上にわたしの好きな筆蹟が書いてあるほうが、気分がいいというわけです。ひとつは「イーディス・デンマン」とある封筒、もうひとつ、愛用のは、そう、「アグネス・ハル」と書いてある封筒です。

こんなことって、じつに心よわく、愚かしいことだと、自分でも思いますが、しかしわたしはもう若くない、いや、ほんとうに年老いた老人なのだ。以上でカッコはおしまい。これからこの手紙の本題に入ることにしましょう。）

＊

ところで話というのは……

きみ（に愛されているかどうかはべつとして）
を愛している

C・L・ドジソン

＊　このあと、女優マリオン・テリーと会ったときの話が長々とつづく。

ジェシー・シンクレアへ

オクスフォード　クライスト・チャーチ　一八七八年一月二十二日

いとしいジェシー

きみの手紙ほど気に入ったものは、このところもらったことがありません。さっそくですが、わたしの好物をいくつかおしえてあげましょう。

きみがわたしに誕生日のプレゼントを贈ってくれる気になったとき（わたしの誕生日は四月の第五火曜日で、七年にいちどめぐってきます）、なにを選べばいいか、参考になるでしょうから。

さよう、まずわたしの好きなものは、ローストビーフの薄切りを下にしいたマスタード、それから黒砂糖——ただし、甘すぎないように、りんごのプリンを少しまぜたほうがよろしい。しかし最大の好物はというと、塩ですね。むろんその上にスープをかけます。塩があまり乾きすぎないよう、しっとりさせるためのスープです。それにスープには、塩をとかすきめもありますからね。

ほかにもいろいろ好きなものがあります。たとえば、針――ただし針さしのふとんでくるんで寒くないようにしてあるものにかぎります。それから、髪の毛の二ふさか三ふさ、ただしその下にそれが生える地面として女の子の頭がついているものが望ましい。さもないと、ドアをあけるたびに、風で髪の毛が部屋じゅうに吹き散らされたりして、なくなってしまうからです。

……もういちどきみに会いに出かけることになるでしょう。二年にいちどずつ会うなんていうのはどうでしょうか？　十年もすれば、お互いによい友だちになれるんじゃないかと思います。きみもそう思うでしょう？

いつでもその気になったら、手紙を書いてください。サリーにも、ものを書いてみたくなったら、わたしに手紙を書くように言ってください。手では書けないというのなら、足でやってみるようにおつたえください。足蹟、つまり足で書く筆蹟でも、いいものは、なかなかいいものですよ。サリーとケイトとハリーによろしくわたしの愛をわけてあげてください。

でも、きみも自分のぶんをとっておくのを忘れないように。

きみの方に耳をかたむけながら

ルイス・キャロル

サリー・シンクレアへ

オクスフォード　クライスト・チャーチ　一八七八年二月九日

いとしいサリー

あれはみんな冗談だって、ジェシーに言ってください。どうか針さしなど送ってくれませんように。じつはもう三つももっているんです。わたしはジェシーに手紙でなんて言ったのか、自分で忘れてしまいました。そのかわりに、ジェシーがぜんぶおぼえています。どういうことかというと——

手紙はわたしの心から出ていって、ジェシーの心のなかに入ってしまったのです——ちょうど人が新しい家にひっこしてゆくみたいなぐあいです。はたして、手紙にとって、ジェシーの心の住みごこちはほかほかと快適だったでしょうか？　まえの家と同じくらい気に入ったでしょうか？　わたしの想像では、はじめてジェシーの心に入ったとき、手紙はあたりを見まわして、こう言ったにちがいありません――

「やれやれ、なんということだろう！　ぼくはこの新しい家ではおちつけそうもないや！　まえの家に帰りたいなあ！　おや、ここにこんな大きな、ぶかっこうなソファがあるぞ、十人以上も坐れそうだ。あっ、ふだがついてる、「シンセツ」だって！　これじゃ、ぼく、ひとりじめできそうもないな。まえの家だったら、ほんのちいちゃな椅子がひとつあったきりだった。ぼくひとりしか坐れないくらいの、すてきにやわらかいひじかけ椅子だったんだ。背中のところに「ワガママ」っていうふだがついてたっけ。だから、ほかの人たちが入ってきて、じゃましたりすることはなかったし、とてもよかった。入ってきたって、椅子がないんだもの。

あれ、暖炉のそばのちっぽけなスツール、なんてまぬけたかっこうしてるんだろう！「ケンキョ」って書いてあらあ。まったく、まえの家にあったあのしゃれた、背の高いスツールを見せたいくらいだ。ほんとだよ、それに坐ると、天井に頭がぶつかるんじゃないかって気がしたものさ。もちろん、ふだには「ウヌボレ」って書いてあったけれど、このほうが「ケンキョ」なんていうのよりずっとすてきな名前じゃない！

さてと、戸棚のなかを拝見するとするか。まえの家には、ひとつだけ、お酢の入った大きなびんがおいてあって、それに「キムズカシヤ」っていうふだがついてたけど、わあ、ここの戸棚は小さい壺がいっぱいつまってる！　なんて書いてあるんだろう、どれどれ。うへえ！　まいった、まいった！　みんな砂糖じゃないか。そしてふだには、えーと、「サリーの愛」「ケイトの愛」「ハリーの愛」だって！　だめだ、こんながらくたばっかり、ぼくはごめんだ！　みんな窓からおっぽりだしてやるぞ！」

ところで、この手紙くんがきみの心にひっこししたら、なんて言うでしょうね？　いったいどんなものが、その家のなかに見つかるでしょうか？

ジェシー、ケイト、ハリー、きみに、愛を送ります。おまけとして、キスを四つ、ひとりひとつですよ。どうか途中でこわれませんように。

きみのまじめな友

ルイス・キャロル

Ⅲ章　1880年～1897年

イーディスへ

クライスト・チャーチ　一八八二年一月二十七日

いとしいイーディス
お手紙ありがとう、それにクロッカスの絵と状差しも。
お父さまのおかげんが良くおなりにならないとのこと、お気の毒です。夏になったら、イーストボーンにおいでになるように、きみからおすすめしてさしあげたらいかがですか？（お父さまがどんなにきみの忠告どおりになさるか、ご存じでしょう？）そうすれば、ときにはこのわたしも、海岸のむこうのはじにいるきみの姿を、オペラ・グラスで眺めるという楽しみを味わえます。
「ああ、イーディスだ、ぼくにはあの子が見える。しかしあの子がこっちを見たら、ぼくは家へ帰らなけりゃならん、あの子に見られないように」などと言ったりできるようになるでしょう。

わたしが誕生日にどんなプレゼントをもらうことになっているか、知っていますか？　まるごとのプラム・プディング！　四人分くらいの大きさのはずです。それをわたしは部屋で食べるんです、たったひとりで！　医者は、わたしがおなかをこわすんじゃないかと心配していますが、わたしはひとこと、「ナンセンス！」と言うだけです。

きみを待ちこがれている友
C・L・ドジソン

☘

一八八二年十一月七日

いとしいE――

ああ、針がほしい！ という気持ちにきみはたびたびなるんじゃないですか？ たとえば、きみがどこかの店へはいっていき、店員に言う、「半ペニーしかもってないんですけれど、一ペニーのパンのいちばん大きいのをください」。すると店員はポカンとまぬけな顔をする、きみの言う意味がわからないってわけだ。

そんなとき、針をもってたら、なんて便利でしょう！ つまり、「しっかりしてよ！ ポカンとしないで、まぬけさん！」と言いながら、きみは店員の手の甲をチクリと刺してやるんです。

かりに針はいらないとしても、きみは心のなかでたびたび思うことがあるんじゃないですか？――「うわさによると、インターラーケンって、とってもきれいな町だそうだけど、いったいどんなふうなのかしら？」すると、この針さしには、ちゃんとその町が描いてあるというわけです。

あるいは、針も絵もいらないという場合でも、この針さしはすくなくともきみにひとりの友人を思い出させてくれるでしょう。その人物はときどきいとしい女の子の友だちEのことを考えたりすることがあるのですが、たまたまいまは、海岸の散歩道でその子にあった日のこと、その子がお母さまの許しをえてはじめてひとりでやってきたあのときのことを考えているのです……。

きみを想う友
ルイス・キャロル

メアリー・ブラウンへ

クライスト・チャーチ　一八八九年四月一日

いとしいメアリー

月が過ぎ、年が去って、わたしの手もとには、きみがひきつづきこの世に存在していることを示すようすがが三つもたまってしまいました（おくればせながらお礼を申しあげます）。まず、一八八七年のクリスマス・カード。つぎに、一八八八年六月の花束。もうひとつは、同年のクリスマス・カード。重ねて、ありがとう。

ただ、率直に言わせてもらえば、こういう贈りものは、わたしには役に立ちません。花を部屋に飾るのは嫌いですし、クリスマス・カードのほうは、ほかの子供かだれかにたらいまわしにするしか、使いみちがありません。

わたしとしては、手紙のほうがずっとうれしいのです。いつでもきみが書きたいときに、きみの生活について、そのとききみが興味をもっていることについて、なんでも書いてくれれば、どんな贈りものをもらうよりも、きみという存在がわたしにとってずっと手ごたえがあるものとなるでしょう。

というのも、きみとわたしの友情はかなりかわっていて、わたしたちはお互いにとってひどく手ごたえのない存在になりつつあります。

このまえ会ってから、ほとんど二十年くらいになるのではないかしら？　いまとなっては、会っても相手の顔がわかるかどうか、あやしいものです！　わたしの思い出のなかのきみといえば、ホイットビー*のがけの上で、わたしの膝のうえに坐っていた（そんな芸はいまのきみはすっかり忘れてしまったでしょう？）女の子です。

一方、きみの思い出のなかのわたしといえば——老いさらばえた「ヒョロヒョロのスリッパはいた間抜けじじい」**という、いまのこのわたしの姿とはいささか違ったものでしょう。でも、とにもかくにも、かくも長い年月、消えずに残っている友情というのは、世の中にそうざらにはないものだと言わなければなりますまい。はたして、この友情が再会のショックに耐えられるかどうか、ふたりの性格がすでにどうしようもなく不一致になっていないかどうか――これはいまのところなんとも言えませんね！

さてと、わたし自身のことを話しましょうか？　いま印刷中の本が一冊あります。復活祭までに出ると思いますが、題は『子供部屋のアリス』***となるはずです。『不思議の国のアリス』の挿絵を大きくしてテニエルに色をつけてもらい、文章も、子供に絵の説明をするときのような、やさしい言葉づかいになおします。よかったら、一冊さしあげましょうか？　でも、きみは子供部屋にいたころの自分にかえって、幼児向きの本を楽しむことができるかな？　幼かったころの気分を、十分思い出すことができるかな？

毎年、夏になると、イーストボーンに行きます。そしていまでも海岸で少女たちと友だちになります。ときには（もっと若い男性だったら、うるさい「グランディ夫人」****が黙っていないようなことも、老人になったいまのわたしならやれるというわけです）小さい友だちをわたしのところにお客として泊めることさえあります。これで、わたしがどんなに「ひどく老いさらばえた老人」*****になったか、察しがつくでしょう！

このまえ泊まってくれたお客は、最近サヴィル・クラーク氏の上演したミュージカル『不思議の国のアリス』でアリスを演じたかわいい子です。******

いやはや！　約二年間のごぶさたをやっと解消しました。これで少なくともあとしばらくは安心して、こう名乗れるわけですね——

きみのつねに変わらぬ親友
チャールズ・L・ドジソン

* イングランド中東部ヨークシャの保養地。

** シェイクスピアの『お気に召すまま』第二幕第七場、人生を芝居にたとえた有名なジェイクィーズの台詞のなかの句。

*** 実際には、色刷りのできばえがキャロルの気にいらなかったため、初版は回収され、初版第二刷が一八八九年十月十九日にキャロルの手にとどいた（くわしくは新書館刊『子供部屋のアリス』あとがき参照）。

**** 「グランディ夫人」は十八世紀のある芝居に由来する人物名で、「上品ぶったひとびと、うるさい世間の口」の意。キャロルはかつて、「グランディ夫人」を恐れて、好きなカメラ

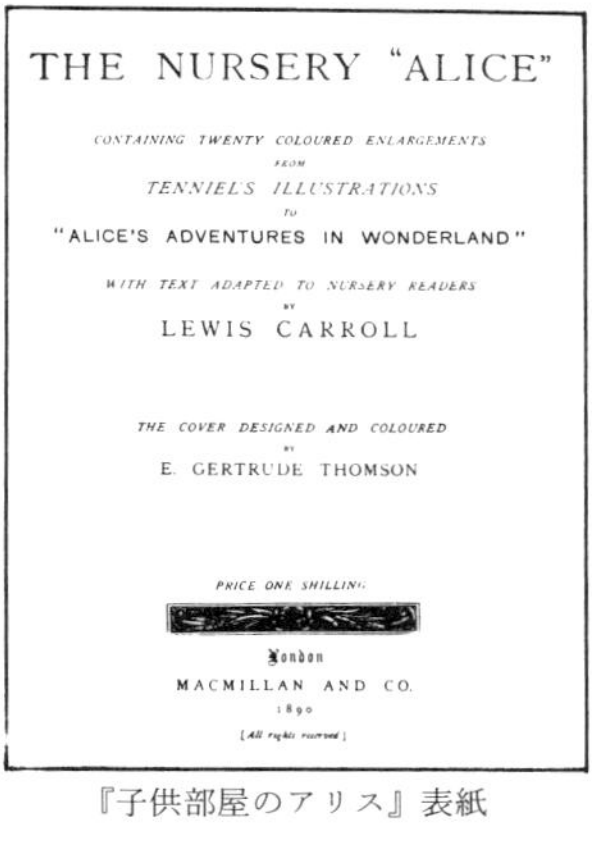
THE NURSERY "ALICE"

CONTAINING TWENTY COLOURED ENLARGEMENTS
FROM
TENNIEL'S ILLUSTRATIONS
TO
"ALICE'S ADVENTURES IN WONDERLAND"

WITH TEXT ADAPTED TO NURSERY READERS
BY
LEWIS CARROLL

THE COVER DESIGNED AND COLOURED
BY
E. GERTRUDE THOMSON

PRICE ONE SHILLING

London
MACMILLAN AND CO.
1890
[All rights reserved]

『子供部屋のアリス』表紙

で少女たちの裸体を撮るのをやめなければならなかった。
＊＊＊＊＊　キャロルが一八五六年『ザ・トレイン』誌に匿名で発表した詩「荒野にて」の第一行「わたしはひどく老いさらばえた老人に会った……」参照（高橋・沢崎訳『ルイス・キャロル詩集』筑摩書房）。この詩はワーズワスの詩「決意と独立」のパロディだが、『鏡の国のアリス』第八章で白の騎士が唱える詩も「荒野にて」の改訂版である。
＊＊＊＊＊＊　イザ・ボウマンのこと。

ミュージカル『不思議の国のアリス』で
主役を演じたイザ・ボウマン
（この写真もキャロル撮影か？）

マリオン・リチャーズへ

クライスト・チャーチ　一八八一年十月二十六日

いとしい少女

……わたしがきみのことを忘れかかっているなどと思わないでください。わたしはひどく筆不精なんですから。いや、それにしても、このいそがしさ！　大学で授業をするやら、質問に返事をするやら、講義のノートや手紙を書くやら。ときどきこんがらがって、どれが自分で、どれがインクスタンドか、わからなくなります。どうかわたしをあわれんでくれたまえ、かわいいひと！

頭がこんがらがっているだけなら、たいして問題ではありません。しかし、バターつきパンや、オレンジ・マーマレードをインクスタンドにつっこんだり、ペンを自分のからだにひたしたり、インクを飲みほしたりするということになると、これは相当ひどい話ですよ！　もっとも、いそがしいとはいっても、「ランリック」*のルールを印刷するところまでこぎつけました。四部送りますから、一部はきみに、あとの三部は四人の友だちにわけてください……。

きみを想いつつ
C・L・ドジソン

＊　キャロルが考案した言葉あそびのひとつ。

ビアトリス・アール*へ

クライスト・チャーチ　一八八四年二月三日

いとしいB

　先日のきみはじつにやさしかったので、わたしはやっときみがこわくなくなってきました。手紙の相手がきみだと思うと、おそれ多くて、こんなふうに字がすこしばかりふるえてしまうのですが、これもだんだんなおるでしょう。**

　このつぎ、お誘いするときは、思いきってきみだけを連れだそうと考えています。わたしは仲よしの女の子をひとりずつ誘うのが好きなのです。いずれマギーだけを招くつもりです、来てくれればですが（これは相当むずかしい！）。

　しかし、まず始めにお誘いしたいのは——ああ、口にするにも勇気がいります——きみのいちばん上のお姉さまでです。考えただけで、なんとからだがふるえてくることでしょう！　来てくれると思いますか？　ひとりでというつもりはありません。マギーがいっしょに来てくれたほうが、とやかく言われないですむ***でしょうね——学校は午後の何時に終りますか？「ミス・アール」（お姉さまはきっとこう呼ばれたいのでしょうね）とマギーが、わたしのところへお茶に寄ってくれるのに遅すぎるということはないでしょうね？　もし運がよければ、このまえよりさらに楽しい夕方のお帰りということになるでしょう！　この計画でよろしければ、いつでもお姉さまの決める日に、お迎えにあがります。さもなければ、つぎの日曜日、三時半ごろにうかがいます。

　もうひとつ、お願いがあります。きみときみの姉妹の名前と、年齢と、誕生日を書いたメモを、きみからまだもらっていないか、なくしてしまったか、とにかく、一筆おしえてくださいませんか？

いつもかわらぬ愛をもって

C・L・ドジソン

[illegible]

Feb. 3, [illegible]

My dear B.,

You were so gracious the other day that I have nearly got over my fear of you. The slight tremulousness, which you may observe in my writing, produced by the thought that it is you I am writing to, will soon pass off. Next time I borrow you, I shall venture on having you alone: I like my

child-friends best one
by one: & I'll have
Maggie alone another day,
if she'll come (that is
the great difficulty!).
But first I want to
borrow (I can scarcely
muster courage to say
it!) your eldest cousin –
Oh, how the very thought
of it frightens me! Do
you think she would
come? I don't mean
alone: I think Maggie
might come too, to
make it all proper.

＊　オクスフォード大学の古英語の教授の娘。
＊＊　知りあったばかりで手紙を書く興奮にふるえている字は、終りへゆくにつれて、書き手の自信の回復とともに、ふつうになる（図版は前半のみ）。
＊＊＊　一七九ページの「グランディ夫人」註参照。

☘

クライスト・チャーチ　一八九一年六月三日

いとしいビアトリス
　こんどこそはきみが「第一ヴァイオリン」だと思うと、うれしいです。いままでは、きみを「伴奏者」かなにかのように扱って、とても悪かったと思っています。
　土曜日の九時、駅にこられますか？　そして、あとは、運命とわたしに身をまかせてくれますか？　ロンドンの劇場のマチネーに連れていかれるか、それともロンドン・バス労働組合のストライキ決議大会に連れていかれるか、わたしにとって都合がいいほうに決めさせてもらいますから、そのつもりで。
もしきみがこられないようなら、どうかすぐ知らせてください。きみの「伴奏者」に電報をうつひまがあるように。

きみに忠実な
C・L・ドジソン

イーディス・リックスへ

（日付不詳*）

いとしいイーディス

お母さまがわたしにくださったお手紙のあて名を見て、わたしがどんなに驚きあわてたか、どうぞお母さまによくおつたえください。わたしとしては「オクスフォード、クライスト・チャーチ、C・L・ドジソン師さま**」のほうがずっとよろしいと思います。「クライスト・チャーチ、ルイス・キャロルさま」というあて名でくる手紙は、郵便局の「受取人不明郵便物」のほうにまわされるか、あるいは、郵便配達人そのほか、その手紙をあつかうひとびとの心に、わたしがいちばん知られたくないと思っている事実を印象づけてしまうことになるからです。

きみのお姉さまに、わたしがお名前をかってにいじりまわした失礼を、お詫びしておいてください。でも、ほかにどういうやりかたがあったでしょうか？　お姉さまの正式の名前がどういうものか、わたしに推測できるはずはないではありませんか？　カーロッタ***かもしれないし、ゼロット****かもしれないし、バロット*****とか、ロータス・ブロッサム******（とてもきれいな名前ですね）とか、もしかしたらシャーロットなんて名前でさえあるかもしれないんですから。これほどイメージのはっきりしない若い女性に手紙を書き送ったことは、わたしはいままでにありません。名前は謎、年齢は一歳と十九歳のあいだ（ヨチヨチ歩きの五つの子供を思い描いたかと思うと、つぎにスラリとした十五の娘のイメージを浮かべたりするのが、どんなにくたびれるものか、きみにはわからないでしょう！）、性格は——そう、この点については、ちょっとした情報をにぎっています。きみのお母さまがこのまえ、わたしがいつ伺うかという話のとき、こうおっしゃっていました。「ロティがうちにいるときでないとぜったいに困りますわ、さもないと、あの子、わたしを許しませんわ」。

とはいうものの、お姉さまがひとを許さない、きつい性格だということだけで、お姉さまの全人格を判断できるとは思いません。きっとほかにいいところもおありのはずですよね？

きみのイメージを心に描きつつ

C・L・ドジソン

* 日付不明だが、「受取人不明郵便物」うんぬんの内容から察して、一八八〇年代後半と思われる。

** キャロルは聖職者である。

*** イーディスの姉の愛称は、あとで「ロティ」と判明するので、本名はシャーロットにちがいない。カーロッタはそのスペイン語形。

**** シャーロットに音を似せてゼロット（狂信家）。

***** 同じくバロット（投票、投票用紙）。

****** 同じくロータス・ブロッサム（はすの花）。

☘

イーストボーン（一八八七年）

いとしい子

この調子で文通をつづければ、きみとわたし、おたがいにほんとうに友だち同士の手紙が書けるようにならないとはかぎらないと、推測できないとはかぎらないと、言えないとはかぎりません。

かならずそうなるとは断言できませんが——それはあまりに大胆な予言というものです——その方向にむかってすすむこともありうるだろうと思うのです。

象にだってスリッパをつくってあげることはできるだろう、ただしそれはスリッパではなくブーッとなるだろう——というきみの言葉をきいて、きみの家系にはアイルランドの血*がまじっているにちがいないと確信しました。

なんという名の(やれやれ、ここで邪魔がはいってきました! わたしのうちの向いに一日じゅう歌ばっかりうたっている女のひとが住んでいるのです。その歌はどれもゆーうつな歎きの歌ばかり、そのメロディーも、メロディーなんてものではないのですが、歎きぶしばかりなんです。ある音程だけものすごくいい声が出て、それが得意らしいのです。きっと「変ナ単調**」という音程だと思うのですが、わたしは音痴ですから、あてにはなりません。とにかく、その音にくると、すさまじく吼えたてるのです!)一族でしょうか? オ・リックスとかなんとかいうんじゃありませんか？

＊＊＊

きみは近所のひとたちが退屈なひとばかりだとこぼしていますが、わたしも同情します。しかし、まあ、きみにわたしのうちに来てもらいたいものです。そうすれば、きっと「近所のかたとおつきあいするの、わたし、とてもつらいんです。ほかのひとが羨ましいわ」なんてグチはこぼさなくなるでしょうよ！

さて、いよいよきみの手紙のサワリの部分についてです――わたしをほんとうに心からのお友だちとしてあつかってよいか、どんなことでも手紙に書いて、相談してよいか、ですって？　もちろんですとも！　わたしは、ほかにどんな役に立つというのです？

それにしても、わたしのかわいい友だち、きみのそういう言葉がわたしの耳にどんなふうにひびくか、きみにはわからないでしょう！　だれにせよ、わたしを頼りにして、忠告を求めてくれるなんて、考えただけでも、鼻が高くなるというより、心が謙虚になってきます。ひとがそんなに高く買ってくれるこのわたしは、じっさいには、どんな人間だというのでしょう？「ひとに教うる者は、みずからに教うるにあらずや？」

まあ、自分のことはやめましょう。あまり健康な話題ではありませんから。おそらく、ふたりの人間がいた場合、おたがいに相手の姿を裏の裏まで見抜いてしまったら、「愛」は亡びてしまうのかもしれません。わたしにはわかりません。でも、とにかく、わたしは、たとえ自分にそんな値打ちがなくても、かわいいちいさい友だちの愛を得たいのです。だから、なんでもきみの思うままに書いてくださいね。

ロンドンに出た帰りに、先週の金曜ですが、フィービーを連れてきました。土曜はほとんど一日じゅう海岸で過しました。フィービーは波をパシャパシャやったり、砂を掘ったりして、「空とぶ小鳥のようにしあわせ」（これはわたしがはじめてあの子を見たときにあの子がうたっていた歌の文句です）でした。

火曜に電報がきて、翌日の午前に舞台出演だから帰れということ。そこで、フィービーは、もう寝ないで荷物をまとめ、わたしといっしょに最終列車に乗りました。あの子の家についたのは、午前の一時十五分前でした。でも、たった四日にせよ海の空気を吸って、新しい喜びを味わったことは、あの子によかったと思います。

あの子がいってしまったあと、わたしは淋しい気がしています。とてもやさしく、おちついた子です。毎日いっしょに聖書を読むことにしていたのですが（あの小さい子のからだだけでなく魂も大事にしてあげなくてはいけないのだ、それを忘れてはいけないと思ったのです）、神さまや天国の話をするときの、あの子の遠くを見つめるような目つきは、とても感動的でした。神さまの顔をいつも見ているあの子のお守りの天使が、あの子の耳にそっとなにかをささやいているみたいでした。

もちろん、なんといったって、老人の心と小さい子供の心のあいだに、たいした通いあいが生ずることはできないでしょう。でも、すこしでも通いあう心というものは、じつに甘美で、そしてうれしいものです。……

きみの孤独ではない友

C・L・ドジソン

＊　アイルランド独特の冗談（"Irish bull" という）があって、たとえば「おれがあそことここに同時にいたなんてはずはないじゃないか――まさか鳥じゃあるめえし」などという。「象――スリッパ――ブーツ」の話はアイルランド風だと、キャロルは言うのである。

＊＊　原文は A natural（これは「ひとりの気ちがい」の意にもなる）。

＊＊＊　「オ」が頭につく名前がアイルランドには多い。

＊＊＊＊　フィービー・カーロは一八八六年『不思議の国のアリス』初演のときの主役を演じた少女俳優。

ある少女へ

クライスト・チャーチ　一八八七年二月七日

いとしい……

きみが郵政省台帳所載の住所にいるあいだに――つまりきみがふたたび空中に消えてしまわないうちに――急いでこの本をきみに送ります。まえからさしあげたいと思っていたのです。

×××によろしく、手紙のお礼と、わたしの喜び――彼女がもはや「わたしのちいさい友だち」とは呼べないというほど大きくはないことを知った喜び――をおつたえください。しかし、いまのわたしにとって、残念ながら、きみたちはみんな「ちいさい」のです。わたしはもう五十五をすぎ、「人生のうらぶれた黄葉の季節」*に入っているのですから。

とはいっても、わたしはまだ、あのむっつり屋のフッドの口まねをして、「老人にできることといったら、死ぬことのほかになにがある?」などと言うつもりはありません。目下のわたしとしては、「死ぬことのほかに、いくつかやることがある」と答えましょう。たとえば、本をもう何冊か書かなければなりません。うち一冊は、またしても子供のためのもので、早く書きあげたいと思っています。ああ、昔と同じように、一日が二十四時間だったらいいのに!

遠くからきみを愛する友
C・L・ドジソン

＊『マクベス』の台詞。
＊＊トマス・フッド（一七九九〜一八四五）はイギリスの詩人。
＊＊＊『シルヴィーとブルーノ』（一八八九）のこと。

ウィニフレッド・スティーヴンへ

クライスト・チャーチ　一八八七年五月二十二日

いとしいウィニー
しかしきみはもうこの長い手紙を読みくたびれたことでしょうから、こうサインして、終りとします――

愛をこめて
C・L・ドジソン

追伸――「カースル・クロケー」*を二冊同封します。

追追伸――「ミス・スティーヴン」ではなく「ウィニー」と書き、「敬具」ではなく「愛をこめて」と書くのが、どんなにたいへんな努力だったか、きみにはわからないでしょう。

追追追伸――再来年、またはざっとそのころ、きみをまた散歩に誘いたいと思います。それまでには、「時」が「きみの澄みわたった額にしわを刻**」みこんでいることでしょうが、わたしは平気ですよ！　年輩の連れというものは、こちらを若く見えさせてくれます。ひとびとがわたしたちを見て、こんなふうにささやきあうなんて、わるくありませんよ――「あのとっても魅力的な青年、どなたかしら？　ほら、まっしろの髪をたらしているお年よりの女のひとと歩いてるでしょう？　ひいおばあさまみたいに、大事に気をつけておいでですわね？」

追追追追伸――これで時間ぎれ。

＊　キャロルが考案したゲーム。

＊＊　バイロンの『チャイルド・ハロイドの巡礼』（四・一八二）の詩句。

ネリー・ボウマン*へ

一八九一年十一月一日

C・L・D・おじさん愛するきみを　！とはなった羽目にくれるそれを孫に代わりに祖父の、しまって忘れてものあいだ八十年か七十年作品をせっかくのきみが、でしょう残念なことなんて、それにしても。思いますむりはないと、なったのも大好きにきみが、でしたから老人やさしいとても祖父は。ちがいありませんために祖父のこの、あげたのは作って椅子カバーをきみが、つまり。でした祖父わたしの、といえば「おじさんドジソン」ただひとりの生きていたそのころ。でしたことずっと前のよりも生まれるわたしがそれは、いいですか、ただし。「あげようっと作ってものをきれいななにか、のためにおじさんドジソン、わたし、そうだわ」——わかりましたもちろんわたしには、聞かなくともイザから、言ったかなんととき取りかかったそれにきみが。と言っていました作ったそれを前に何年もきみが、イザはです話からイザの?ですってのかわかったわたしにどうして、ものか作られたためにだれの!ものですね長もちしたずいぶん、それにしても。ありがとうくださって送ってわたしに、椅子カバーをすてきなあの、作ってくれたために祖父のわたしのきみがネリーいとしい

Nov. 1. 1891.

CLD, Uncle loving
your! Instead grand
-son his to it give to
had you that so, years
80 or 70 for it forgot
you that was it pity
a what and: him of fond
so were you wonder don't
I and, gentleman old
nice very a was he. For
it made you that him
been have must it see
you so: grandfather my
was, then alive was that,
"Dodgson Uncle" only
the. Born was I before
long was that, see you,
then But. "Dodgson

中略

you do! Lasted has it
well how and Grandfather
my for made had you
Antimacassar pretty
that me give to you of
nice so was it, Nelly
dear my.

＊　一八八八年『不思議の国のアリス』をミュージカルに翻案して上演したときの主役イザ・ボウマンの妹。イザ、ネリー、マギー、エムジーの四人姉妹はいずれも女優の卵であったが、「チャールズおじさん（またはドジソンおじさん）」は彼女たちとともにオクスフォードやイーストボーンで多くの時を過した。

マギー・ボウマンへ

イーストボーン　ラッシングトン通り七番地　一八九三年九月十七日

きみはなんといういたずらっこの犯罪者なんだろう！　きみのいるフラムへぼくは飛んでいきたい、手ごろな棒をもって（ぼくのお気に入りのサイズは長さ三メートル太さ十二センチくらいだ）、そしてきみのその性悪《しょうわる》な手の甲をしたたか打ちすえてやりたい！　とはいうものの、きみのいたずらはたいして実害があったわけではない。

そこで、ほんの軽い刑に処するだけにしておこう――たった一年間の禁固刑だ。フラムの町のおまわりさんにちょっと話をすれば、万事よろしく用意してくれるだろう。すてきにはめ心地のよい手錠をかけ、すてきに住み心地のよい暗い独房にとじこめ、すてきにコチコチのパンを食わせ、すてきにおいしい生水《なまみず》を飲ませてくれるだろうさ！

しかし、それにしても、きみの字の綴りのまちがいはひどいものですね！「ラヴをいっぱい詰めた袋とキスをいっぱい詰めたかご」って、いったいなんのことかと、わたしはさんざん頭をしぼりました。やっとのことでわかりました――

きみは「グラヴ〔手袋〕をいっぱい詰めた袋とキトン〔子猫〕をいっぱい詰めたかご」と書いたつもりなんだと。そうか、きみがわたしに送ってくれるというのはそれか。ちょうどそこへ、お手つだいのダイアー夫人がやってきて、いま大きな袋とかごがひとつずつ届いたところだと言いました。家じゅう、ニャオニャオという声でいっぱいになりました。まるでイーストボーンに住む猫という猫がたずねてきたみたい！「ダイアー夫人、じゃあ大いそぎで袋とかごをあけて、なかに入っているものをかぞえてください！」

二、三分してからダイアー夫人が報告しにきました。「袋のほうは手袋五〇〇組、かごのほうは子猫二五〇匹でございます」。

「やれやれ、片手でかぞえると手袋一〇〇〇個か！ 子猫の四倍の数じゃないか！ マギーの心づかいはありがたいけれど、なんだってこんなにたくさん手袋をくれたんだろう？ ぼくには手は一〇〇〇本もないし、ね、そうでしょう、ダイアー夫人？」

夫人は言いました。「そうでございますわ、ほんとうに、旦那さまは、九九八本だけ手がたりませんわ」。

しかし翌日、わたしは名案を思いつきました。かごをもって、近所の学校――もちろん女学校ですよ――に出かけていき、先生にこう言ったのです。「きょうは、なんにん学校にきていますか？」

「ちょうど二五〇人でございます」。

「で、女の子たち、みんなきょうはいい子でしたか？」

「そりゃもう、すばらしくいい子でございましたわ」。

そこでわたしはかごをもってドアのところに待ちかまえて、出てくる女の子ひとりひとりに、ヒョイと、やわらかい子猫をいっぴきずつ取り出して、進呈したのです。いやはや、喜んだのなんのって！　女の子たちはみんな子猫をだいて、うちまで踊りながら帰っていきました。あたりはミャーミャーコロコロという音でいっぱい！

さて、つぎの日のあさ、わたしはまたその学校へいきました。授業の始まるまえに、子猫たちの夜のおぎょうぎがどうだったか、女の子たちに聞こうと思ったのです。ところがどうでしょう、みんな、メソメソ、オイオイ、泣きながら登校してくるではありませんか！　顔も手も、ひっかき傷だらけ！　どの子も、それ以上ひっかかれないように、子猫を制服のエプロンの下にくるみこんでいました。そしてすすり泣きながら、こう言うのです。「子猫ったら、ひっかきっぱなしなのよ、ひと晩じゅう、夜から朝までよ！」

そこでわたしはひとりごとを言いました。「なあるほど、マギーって子は、なんて頭がいいんだろう！　これでわかった、どうしてあんなにたくさん手袋を送ってくれたか。それから、どうして子猫の四倍の数の手袋があったのか」。

「さあさあ、気にしないで、みなさん」とわたしは女の子たちに呼びかけました。

「うんといい子に勉強しなさい。そしてもう泣かないこと。そうすれば、放課後、おじさんがドアのところで待ってて、いいものをあげますからね！」

というわけで、夕がた、女の子たちがまだ子猫をエプロンにくるんだまま走って、教室から出てきたとき、わたしはちゃんとドアのところに立っていました。大きな袋を一つもってね！　そして、出てくる女の子ひとりひとりに、ヒョイと、手袋を二組ずつ取り出して、進呈したのです。女の子たちはエプロンをまくりあげて、怒っている子猫をひっぱりだしました。子猫たちは唾をはくやら、うなるやら、それにハリネズミみたいに爪を突き出して、たいへんなけんまくです。でも、ひっかいてるひまはありませんでした。というのは、あっというまに、四本の足がふんわりと暖かい手袋につつまれてしまったからです。それからというもの、子猫たちはすっかりおとなしくなって、甘えんぼうのミャーミャーコロコロという声を出しはじめました。

ですから、女の子たちは、きょうもまた、うちまで踊りながら帰っていきました。しかも、つぎの日のあさも、学校へ踊りながら登校してきました。ひっかき傷もすっかりなおっており、くちぐちにわたしにこう言うのです、「子猫ったら、スッゴクいい子だったのよ！」おまけに、ネズミを一匹つかまえたいというときには、子猫は手袋をひとつだけはずす。ネズミを二匹つかまえたいときは、手袋を二つはずす。ネズミを三匹つかまえたいときは、手袋を三つはずす。ネズミを四匹つかまえたいときは、手袋をぜんぶはずす、というぐあい。

でも、ネズミをつかまえたら、子猫はすぐまた手袋《グラヴ》をはめるんです。子猫たちは、手袋をはめていないと、わたしたちに愛してもらえないっていうことを知っているんです。なぜって、ほら、「手袋《グラヴ》」のなかには「愛《ラヴ》」があるけれど、そとにはないでしょう？

そういうわけですから、女の子たちはいっせいにこう言っています。「どうか、マギーにありがとうって言ってね。わたしたち、マギーがくれた二五〇の子猫《キトン》と一〇〇〇の愛《ラヴ》のおかえしに、二五〇の愛《ラヴ》と一〇〇〇のキスを、送りますって、ね!!」わたしは「比例がまちがっとるぞ！」と言ったんですが、女の子たちは、そんなことないって言いはるのです。

ネリーとエムジーに愛とキスを。

きみを愛する老いたる友　C・L・D

イーニッド・スティーヴンズ*へ

クライスト・チャーチ　一八九一年三月十五日

いとしいイーニッド

お母さまに、お手紙いただだいてこのうえなく驚きこのうえなく感激しましたと、おつたえください。お母さまがきみを連れてお茶においでくださることを、このうえなく願っております。

ただし、きみのかんしゃく玉が破裂していないときにかぎります。というのは、学寮のなかで子供にわめかれるのはまずいのです。学寮長がこのうえなく腹を立てるからです。きみに、このうえなくたくさんの愛を送ります。かなづちを取ってきて、それをこのうえなく強くたたいてください。二つに割れたら、片方をウィニーにあげてくださいね。

このうえなくきみを愛する　C・L・ドジソン

＊　一八九〇年代のキャロルの少女友達のなかの最大のお気に入り。この美少女の肖像画を画家ガートルード・トムソンに描いてもらって、クライスト・チャーチの自室の壁に飾っていた。ハリー・ファーニスは『シルヴィーとブルーノ』の挿絵を描くとき、彼女をモデルにした。『シルヴィーとブルーノ完結篇』の巻頭は、彼女の名前を折りこんだ献詩で飾られている。

Ch. Ch. Oxford
Mar. 25. 1891.

My dear Enid,

Please tell your Mother I was ever so much surprised, and ever so much pleased, with her letter. And I hope ever so much that she'll bring you here to tea, some afternoon when you happen not to be in a passion: for it wo'n't do to have screaming children in College: it would vex the Dean ever so much. I send you ever so much of my love. Get a hammer, and knock it ever so hard, till it comes in two, and then give Winnie half.

Yours ever so affectionately,
C. L. Dodgson.

Miss Enid Stevens.

シドニー・ボウルズへ

クライスト・チャーチ　一八九一年五月二十二日

いとしいシドニー

　ほんとうにごめんなさい、ほんとうにはずかしいと思っています。きみが存在するっていうことさえ、わたしは知らなかったんですからね。きみの愛をわたしに送ってくれたと聞いて、どんなに驚いたことでしょう！　まるでノーボディ*がとつぜん部屋にはいってきて、わたしにキスしてたみたいな、そんな気持です（ちかごろはほとんど毎日、そういうことがわたしの身に起るのです）。

　きみが存在していると知っていさえしたら、わたしは、とっくのむかしに、山もりの愛をきみに送っていたことでしょう。いまにして思えば、きみが存在しているかどうかなんて、うるさいこと言わないで、きみに愛を送るべきだったのです。そもそもですね、存在しない人というのは、ある意味で、存在する人よりもずっとつきあいやすいものです。たとえば、存在しない人はけっしてプリプリ怒ったりしません。口ごたえもしません。まして、ひとの足を踏んづけたりすることなんか、ぜったいにありません！　まったくのはなし、存在する人よりも、ずっとずっとつきあいやすいのです。

　まあ、それはそれとして、くよくよしてはいけません。きみは存在しないわけにはいかないのですからね。それに、まあ、きみという人は、存在しないのと同じくらい、つきあいやすい人ですからね。

　きみがほんとうに存在する子供だとわかったうえは、きみにわたしの書いた本をあげなければいけません。どれにしましょうか？『不思議の国のアリス』、それとも『地下のアリス』**？（あとのほうのは『アリス』の最初のかたちで、わたしの描いた絵がはいっています。）

　ウィーニーと、ヴェラと、きみに愛を送ります（キスはきみだけですからね。忘れないで。おでこの上がいちばんいいと思います）。

いまはきみを信じる

ルイス・キャロル

* ノーボディ（Nobody〔ドイツ語 Niemand〕＝だれでもないひと、存在しない人）は、ヨーロッパの民話に現われる人物で、ちょっとわが国の東北地方の民話の「座敷わらし」を思わせる。家のなかで起るささいなできごとや、いたずらや、原因不明の事故などは、姿の見えない「ノーボディ」のしわざとされる。もちろん、「だれも……ない」という否定代名詞、つまり実体のない存在を、まるで実在する具体的な人物であるかのように扱うおもしろさである。

　キャロルはこの「非存在の存在」のテーマに魅せられていたらしく、『鏡の国のアリス』第七章でも、“Nobody”をめぐって珍妙なやりとりがある。

** 一八六二年七月四日、ピクニックの途中でアリス・リデルたちに即興で語ってあげた物語を、キャロルはのちに自筆の挿絵をそえながらノートブックに書きうつし、アリスに献呈した。これが『地下のアリスの冒険』で、これをさらに書き

『地下のアリスの冒険』（キャロル自筆の挿絵）

なおし出版したのが『不思議の国のアリス』である。『地下のアリスの冒険』はノートブックのファクシミリーの形で、一八八六年に出版された。

ルース・バトラー*へ

クライスト・チャーチ　一八九二年十一月二十四日

いとしいルース

　こんなこと訊くのはものすごく失礼なことだと、わたしも知っています。でも、わたしとしては、こう言うしかないのです——きみだって、夕飯のテーブルに坐ったら目のまえのお皿に犀《さい》のローストがおいてあった、なんてことになったら、こう言うでしょう——「でもまあ、しかたがないじゃない！」

　というわけですから、お訊きします——きみたち三人はそれぞれ、わたしの書いた本のなかで（もし持っているとしたらの話ですが）どれを持っていますか？

きみの恥ずかしがりやの友　C・L・ドジソン

＊　オクスフォードのオリエル学寮で教えていたアーサー・バトラーの三人娘、オリーヴ、ルース、ヴァイオレットもまた一八九〇年代の重要な少女友達。ルースにはその名を各行の頭に読みこんだ次のアクロスティックをも捧げている——

ルースよルース　わたしは旅しとる
宇宙をくまなくな　きみのような
すてきなやさしい女の子を求めてな

なお、キャロルは翌十一月二十五日にオリーヴあてに手紙を書き「オリーヴには〝シルヴィーとブルーノ〟、ルースには〝地下のアリス〟、ヴァイオレットには〝子供部屋のアリス〟というのはどうでしょう？」と言っている。

イーディスへ

そのうちに、もう一冊のアリスの本――『鏡の国のアリス』という題ですが――をあなたにあげます。でも、それはもうすこしのばしたほうがいいでしょう。あなたの頭のなかがごちゃごちゃまぜになってしまうかもしれませんからね。

つぎのもののなかで、あなたはどれがいちばん好きですか？ あなたを車にのせてひっぱる馬さん、あなたの絵をかくために筆をひっぱる絵かきさん、あなたの歯をひっぱる歯医者さん、キスするためあなたを腕のなかへひっぱるお母さん――さあ、どれですか？ ほかのものは、どんな順番で好きですか？

「鏡の国の文字」、うまく読めるかな？

いつでもあなたを愛する友　ルイス・キャロル

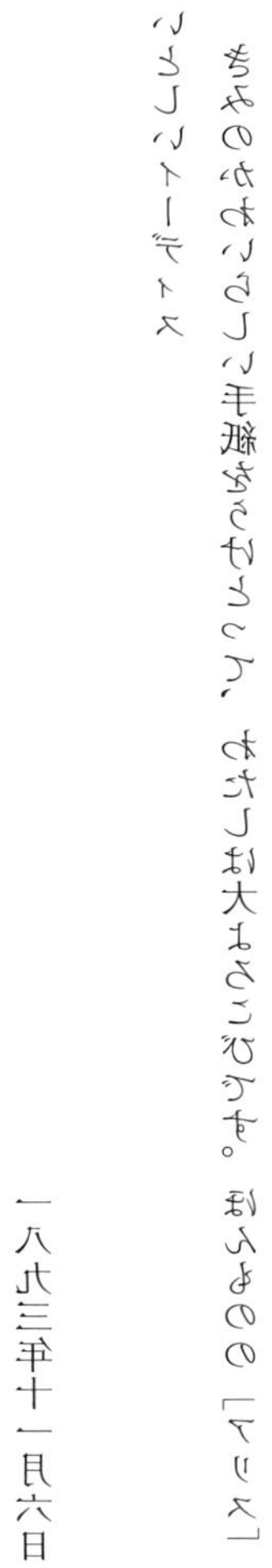
一八九三年十一月六日

Nov: 6, 1893.

My dear Edith,

I was very much pleased to get your nice little letter: and I hope you won't mind letting Maud have the Nursery Alice, now that you have got the real one. Some day I will send you the other book about Alice, called "Through the Looking-Glass" but you had better not have it just yet, for fear you

should get them mixed in
your mind. Which would
you like best, do you think,
a horse that draws you in a
cab, or a lady that draws
your picture, or a dentist,
that draws your teeth, or a
Mother, that draws you into
her arms, to give you a kiss?
And what order would you
put the others in? Do you
find Looking Glass writing
easy to read? I remain
your loving Lewis Carroll.

メイベル・スコットへ

クライスト・チャーチ　一八九四年三月二十九日

やれやれ、いったい世の中どうなってるんでしょう！　十七歳をすぎた（とわたしは推測します）うら若い娘が、七十歳をすぎていない（とわたしは保証します）[*]うら若い紳士に、「愛」を送ったりするとは！

どうやらきみの頭はアナグラムにとりつかれているようですね。きみの考える上手なアナグラムとは、きっとこんなんじゃないですか？

AMIABLEST?　'TIS MABEL![***]

（つまり「いまこの世に生きている若い娘のうちでいちばんかわいいのはだれでしょう？」「――です」というわけ）

まあ、けっこうでしょう。しかしわたしなら、もっとましなのを作ってあげますよ。

WHERE MABEL?　WE BLAME HER.****

（つまり「――はいまどんな状態ですか?」「あの子は賢い友だちがみんな首をふってしかめっつらをせざるをえないような精神状態ですよ！」）

イーディスによろしく。ぼくはほんとうは（さっきのはすべてきみのせいであって、わたしのせいじゃありません）。

きみを愛する友（なのです）C・L・ドジソン

＊　このときキャロル六十二歳。

＊＊　綴りをいれかえて別の字をつくる遊び。

＊＊＊　AMIABLEST（いちばんかわいい）の綴りをバラして'TIS MABEL（それはメイベル）。

＊＊＊＊　WHERE MABEL？（メイベルはどこにいる?）をバラして WE BLAME HER（われわれは彼女を非難する）。

メアリー・ニュービー*へ

イーストボーン　ラッシングトン通り七番地　一八九四年九月二十九日

いとしい（その人の名は知らず）

知恵の輪パズルの余分がひとつあるので、さしあげます。お受けとりくださればさいわいです。お友だちにあまり急いで答えをおしえないでください！　頭をひねるのは、若いひとにはためになることです。探求心をそだてますからね。

汽車の旅には、まちがいなく取柄がひとつあります。偶然の友情ができるということです。少なくともわたしの経験によれば、そういう友情はとても楽しく、とても長つづきするものです。さて、この友情はいかなる運命をたどることでありましょうか！

きみの先生をなんとか説き伏せて、わたしと会ってくださるようにしてくれませんか？

きみとわたしの友情がこれからもつづくことを、先生が許してくれるようにお願いしたいのです。先生のお許しをえて、もし三十分（できれば一時間）をいただけるなら、先生と生徒のみなさんに二、三お見せしたいことがあります。どれもオクスフォード・ハイ・スクールの女生徒たちを相手にやってみて、大成功をおさめたものです（とわたしは思っています）。おそらくいちばんみなさんの気にいるのは、わたしが発明した「記憶術」**でしょう。これさえ知っていれば、どんな年代もかんたんに暗記できるのです。

先生さえよろしければ、なるべく早い日取りをきめていただきたいと思います。わたしの老いさきも、だんだん短くなってきましたので。***

わたしはきみと同じ年ごろの友だちをたくさんもっています。もしきみがそのリストに加わってくれるなら、そしてもしわたしがいつの日かきみあての手紙にこうサインすることができたら、なんというしあわせでしょう――

きみを心から愛する　チャールズ・L・ドジソン

追伸　このサインのしかたは賢いでしょう？　どっちかというと、わたしは自慢したいくらいなんです。もしわたしがただ「きみを心から愛する」とサインしたら、もちろん、きみは（四十歳も年がちがうにもかかわらず）ひどく腹を立てたことでしょう。でも、わたしが書いたように、「こうサインできたら、なんというしあわせでしょう――」という文章の一部になっていれば、文句をつけることはできませんよね。

ところで、きみはパズル好きらしいので、もう少しきみのために考えてみました。

1 「のでじゃないのについていったんだ」とはなんのことか？****

2 「ばつ」「つの」「とこや」の三つの単語の字を並べかえて八つの単語をつくれ。*****

* メアリーは、汽車のなかで知りあった六十すぎの紳士から、この手紙をもらった。パズルやゲームで汽車旅を楽しくしてくれたこの紳士のことを、彼女は学校の先生（女の）に話し、手紙を見せた。先生はなにかうさんくさいものを感じたのであろう、「記憶術」の授業はついに実現しなかったし、メアリーと紳士との「友情」は、先生の忠告によって、終止符を打たれた。

時がたち、先生が死んで、遺品のなかからこの手紙が見つかり、メアリーに返されたとき、はじめて彼女はC・L・ドジソンという差出人が『不思議の国のアリス』の作者と同一人物であることを知った。時すでにおそく、ドジソンもキャロルもこの世の人ではなかった。

** キャロル考案の「記憶術」は、各子音に数字をわりあてたうえで、記憶すべき事件の年代にあたる子音を脚韻のなかに用いた二行詩をつくり、その詩を暗記するというもの。くわしくは高山訳『キャロル大魔法館』（河出書房新社）を参照。

＊＊＊　キャロルは一八九八年に死ぬ。

＊＊＊＊　「〈ので〉じゃない、〈のに〉って言ったんだ」。原文は"It was and I said not all"

＊＊＊＊＊　「やっつのことば」。原文は「"nor do we"を"one word"にせよ」。なお、つぎのような日本語のパズルも可能だろう――「〈唾《つば》〉〈能登《のと》〉〈子《こ》〉〈人《ひと》〉の四語を一つの言葉に変えよ」。答は「ひとつのことば」。

フロレンス・ジャクソンへ

（日付不詳）*

二つの理由で、きみにひとつのたとえばなしを送ります。第一の理由は、きみが最初の手紙でわたしのことを「頭がよい」とかなんとか言ったということ。第二の理由は、きみが第二の手紙で同じことをまた言ったということ。そのたびにわたしはこう思いました——「いやはや、なんとしてもあの子に手紙を書いて、二度とこんなことを言わないように頼まなければならぬ。こういう言葉はわたしにとってためにならぬわい！」

たとえばなしというのはこうです。ひとがふつう世間から受ける仕打ちは、ピリリと身の引きしまる寒風である。たとえば軽蔑、非難、無視などは、すべて体にたいへんよろしい。それに対し、年若い、ばら色の、しあわせな、あえていえば花やいだ友だちから贈られる褒めことばは、暖炉に近づきすぎたときの乾いた熱風である。これはわたしの体にとてもよくない。わたしはたちまち、鼻高病や、うぬぼれ咳や、ニヤニヤ熱や、そういった病気にかかってしまうのだ。

きみはまさか、わたしがそんな病気で寝こめばいいと思っているのではないでしょう？　だったら、わたしを二度と褒めたりしないでください。

きみのとるにたらない友　ルイス・キャロル

＊　日付不明だが、一八九〇年代も後半、キャロル最晩年の手紙と思われる。イヴリン・ハッチ編の書簡集では、一八九六年十一月十一日付の手紙のつぎにおかれている。

ラウリー家の姉妹たち*へ

（日付不詳）

いとしい子供たち

きみたちの手紙はとてもうれしい贈りものでした。ただ、それに返事をするまえに、二つばかりお願いがあります。まず、わたしから手紙をもらったことを、ひとに言わないでください。さもないと、『アリス』を読んだアメリカじゅうの女の子が、返事をもらおうと思って、わたしを手紙の洪水で押しながしてしまうでしょう。

わたしとしては、残る人生（O・W・ホームズ博士**のいう「老齢」の始まりにわたしはさしかかっているのです）を、手紙を書くだけで過したくはありませんからね！（『朝食の独裁者』読みましたか？　わたしは愛読しています）。

もうひとつのお願いは、わたしが自分だけの才能によって子供のための本を書いたかのような、そんな褒めかたを二度としないでほしいということです。わたしは自分を、ほんの「あずかり人」***にすぎないと思っています。かりにきみたちが、いくらかのお金をひとからあずけられて、「このお金をぜんぶ小さい子供のために使ってください」と頼まれたとしてごらんなさい。きみたちは自分の手柄みたいな顔はしないでしょう?

それに、褒めことばというものは、人間にとってためになるものではありません。ためになるのは「愛」です。世界じゅうがそれでいっぱいだったら、どんなにいいでしょう。****わたしの書いた本が愛されるのはうれしいですし、なんにんかの子供たちがその本のためにわたしを愛してくれるのは、とてもうれしいです。しかしわたしの本が褒められるのは、あまりうれしくありません。

『アリス』のことでわたしがいちばん気にいっていることを話してあげましょうか? 安い紙に印刷し装幀も簡単にした『アリス』を、わたしはたくさん作らせました。かわいそうな病気の子供たちのいる病院や療養所に贈ってあげるためです。

わたしとしては、町じゅうのひとについてこられて、「なんて頭のいいひとなんだろう!」などと褒めそやされるよりも、ひとりの子供がわたしの本のおかげで何時間かゆううつな思いを忘れることができたと考えるほうが、どんなにこころよいかわかりません。きみだって、きっと同じように思うでしょう?

病院といえば、おかしなこともありました。わたしは本の寄付を申しでる手紙を印刷し、それにわたしの思いつく病院のリストをそえて、いろんなひとびとに送り、もしわたしの落していろ病院があったらつけ加えてほしいと頼みました。あるひとから返事があって、病気の子供がたくさん収容されている病院を知っているが、著者として本をあげたくないのではないか、とのことでした。なぜだと思います?

「ユダヤ人の子供だからです」! わたしはすぐ手紙を書いて、もちろんあげますと言いました。イスラエルの民の子らが、いったいなぜ、ほかの子らと同じように、『アリス』の冒険を読んではいけないのでしょう!

もうひとつの返事には——ある女性の修道院長からのものでしたが——『アリス』を一冊いただいて目を通してからでないとお受けできない、とありました。そこの子供たちはみんなカトリックなので、どういう宗教的傾向の読書をしているか、しんちょうに考えなければいけない、というのです。わたしはさっそく、「もちろんお望みなら目をお通しください。ただし受けあってもいいですが、『アリス』にはどんな宗教的教訓もありません。じつをいえば、教訓なんてひとつもないのです」と返事を書きました。相手のひとは、「わかりました、ご本をいただきましょう」と言ってきました……。

ところで、わたしがだれに手紙をこうして書いているのか、もうすこしはっきりわからせていただけないでしょうか？　つまりきみたちの名前と年齢をおしえてもらいたいのです。きみたちともうすっかり友だちのような気がしているのですが、「ラウリー家の子供たち」というだけでは、あまりイメージがわいてきません。まるで「鬼火」か「かげろう」と友だちになったみたいな気分です。そういうものと親しいつきあいをしたひとって、いるでしょうか？　古代史の教科書をしらべてみたって、そんな例はひとつも見つからないと思いますよ。

ほんとうは「名前と年齢」につけ加えて「写真」と書きたかったのですが、そうすると、きみたちもわたしの写真をほしがるだろうと思ったのです。ところがわたしは写真をあげないことにしているのです（そのわけは、わたしはひとに知られないままでいたいからです。他人に顔をおぼえられるのは、わたしにとって耐えられないのです）。ですから、わたしも、きみたちの写真をくださいとは、どうしても言いだせないというわけです。

わたしは新しいゲームを考えだすのが大好きです。「ミッシュ・マッシュ*****」というゲームのルールを同封しますから、ためしてみてください。このゲームのいいところは、駒や点棒などがぜんぜんいらないということです。だから、歩きながらでも、軽気球で空中に浮かびながらでも、そのほかどこでも、あそべるでしょう。

きみたちを愛する友　ルイス・キャロル

＊　アメリカの少女らしいが、不詳。日付も不明だが、一八九六年終りから九七年始め、つまり死の一年前のものと推定される。ハッチ編書簡集では、最後から二番目の手紙である。

＊＊　オリヴァー・ウェンデル・ホームズ（一八〇九～九四）はハーヴァード大学解剖学教授。滋味ゆたかな随筆集『朝食の独裁者』をあらわした。

＊＊＊　マタイ伝第二五章、旅立つ主人が三人の召使いにそれぞれ一タレント、二タレント、三タレントの金を貸し与える。帰宅したとき、金をふやした者は褒められ、地に埋めて死蔵したものは叱られる。ここから、「タレント」は、神からあずかった「才能」の意となった。

＊＊＊＊　『不思議の国のアリス』第九章で公爵夫人は言った、「ああ、世界をぐるぐる動かしているのは愛——そう、愛なのよ！」。

＊＊＊＊＊　キャロルが雑誌『マンスリー・パケット』（一八八一年六月号）に発表したゲーム。題名

（Misch-Masch）は三十年ほどまえ彼が手作りで出していた家庭雑誌の題名（Mischmasch）とほぼ同じで、ドイツ語で「ごたまぜ」の意。「核」になるアルファベット文字（たとえば“emo”とか“mse”）を片方のプレイヤーが出すと、相手はそれを含む単語（たとえば“lemon”とか、“himself”）を答える、といったゲームで、今日の「スクラップブル」や「クロスワード・パズル」の単純な形といえる。

家庭雑誌『ミッシュマッシュ』に所収の
キャロルの自筆の迷路

あとがき

昔のひとたちがどんなによく手紙を書いたか、電話に慣れてしまった私たちは実感できなくなっている。作家にしても、早いはなし、死後、書簡集が編まれるような今日の作家はほとんどいないのではあるまいか。作家にとっては作品だけがあればいいのだ、とする潔癖な立場もさることながら、こうした事態は少し淋しい気がする。

十九世紀の作家はじつにまめに手紙を書いたようである。死後出版された書簡集は、作品の理解のための貴重な手がかりになったり、作家の人となりや私生活までを知りたがる貪欲な好奇心にとって絶好の資料源になったりする。のみならず、手紙は、日記と同じく、それ自体で独自の価値をもった表現形式となることもある。ひとつだけ例をあげれば、イギリス・ロマン派の詩人ジョン・キーツの書簡集（『詩人の手紙』冨山房百科文庫）など、一個の見事な作品であって読んで飽きることがない。

ルイス・キャロルことチャールズ・ラトウィジ・ドジソンも、そういう手紙好きの十九世紀人のひとりにすぎなかった——と、いちおうは言えるかもしれない。生涯に書いた手紙の総数が十万通弱というのは、ちょっと多すぎる気もするが、走り書きの葉書までかぞえるとすれば、必ずしも例外的ではないだろう。では、キャロルが風変りだとすれば、どういう点においてか。

まず、けたはずれの几帳面さという点である。右の「生涯に書いた手紙の総数が十万通弱」とか「葉書までかぞえる」うんぬんは、勝手な臆測ではなくて、キャロル自身が残した克明な記録にもとづいている。彼は一八六一年の一月一日から始まって一八九八年の一月八日（というのは死ぬ一週間まえ）まで、じつに三十七年にわたって、出した手紙、受けとった手紙をすべて記録した。しかも、ひとつひとつに通し番号をつけ、自分が誰に、何月何日どういう用事で手紙を出したか、それに対していつどういう返事がきたかをあとで確かめられるように、独特のクロス・レファランス用の索引システムを案出し、案出したばかりでなく実践したのである！　通し番号の最後は「九万八千七百二十一番」とある。

病的とさえ思われかねないこの分類癖は、数学者、論理学者としてのキャロルの一面と結びつくものだろう。しかし、それだけでは、彼の「変人」ぶりの証拠にはなっても、私たちの心にそれ以上の興味をかきたてはしない。また、こうして分類された厖大な量の手紙の大部分は、たとえ入手して読むことができても、面白くもおかしくもない内容のものにちがいない。

無味乾燥な講義で学生を退屈させたというオクスフォード大学数学講師が、抑圧された自分の幻想を思うさま解き放ったとき、二冊の『アリス』という傑作が生まれた。とすれば、同じように、味気ない手紙の書き手も、もし自由な幻想のきっかけさえあれば、『アリス』的な手紙を書けるのではないか。しかし、ふつうの大人あての手紙では、そんなきっかけはあるはずもない。あるとすれば、子供あての、それも彼の好きな少女あての手紙の中でしか、あり得ないのではないか……。

予想は、嬉しいことに、見事に的中し、私たちの幻想は実現する。ここに、イヴリン・M・ハッチなる女性の編んだ一巻の書物がある。『ルイス・キャロルの少女たちへの手紙抜萃』*A Selection from the Letters of Lewis Carroll (The Rev. Charles Lutwidge Dodgson) to His Child-friends*, edited by Evelyn M.Hatch, 1933 と題されたこの本は、古今東西の数ある書簡集の中でも、類例を見ない稀書である。

そもそも、数にして百六十数通、頁にして二百数十頁の手紙が、子供だけ、しかも一通をのぞいて少女だけにあてて書かれたことがあったろうか。むろん、実際にはキャロルはもっと多くの少女あての手紙を書いたにちがいない。ハッチ女史は、コリングウッドによる伝記その他の形ですでに活字になった手紙を利用する一方で、おそらく先述の手紙分類表を頼りにして受取人を追跡し（彼の分類癖は讃えられるべきかな！）、借り集めた手紙（そのひとつひとつが受取人一家の家宝になっていたであろう）の中から、収めるに値すると思ったものを選んだのであろう。

もちろん大事なのは、量ではなく質である。伝記などで読むことができるキャロルの大人あての手紙が（これも予想どおり）糞面白くもない「さよう、しからば」調であるのにくらべて、これらの少女あての手紙はなんと生き生きした魅力にあふれていることだろう。この魅力は、ルイス・キャロルという特異な書き手が少女という読み手を見出したときにのみ可能だった特異な味わいのものである。

少女が相手である以上、実際的な用事などなきにひとしい。この用事のなさ、現実的必要の不在が、愛する少女に向って、キャロルの精神的エネルギーのバルブを「全開」にする。大学の教師にして英国教会の聖職者という、公的生活において意識的につけていた無表情な仮面、その裏に息づいていた「内的人間」がここに一挙によみがえる。

少女への愛の表現は決して単純ではない。やさしく語りかけたり、感傷的に哀訴したりするだけではない。むしろ、よりしばしば、彼は少女をからかう。困らせる。かつぐ。叱る。なぶる。ときには、おどしさえする。そこには、まぎれもなく、孤独な地獄から、愛する対象を得てよみがえった魂の声の全音域がある。

しかし、少女の触発によってとりわけ奔放に解放されるのは「物語の本能」とでもいうべきものである。本書に収めた七十数通の手紙は、ほとんどひとつひとつが珠玉の短篇童話――あるいは、その萌芽である。ちょっと磨きをかければ、さらに何冊もの『アリス』ができあがるのではないかとさえ思われる素材が、ごろごろころがっている。たったひとりの少女に読まれ、その手もとで永久的に眠るべく書かれた絶妙な物語のかずかず。これはなんという惜しげもない浪費、なんというとほうもない無償の行為だろう。

しかし、これらの手紙を、もう一つの『アリス』になりそこねた断片として歎くのは、見当ちがいであろう。『アリス』のように「作品」を志向して彫琢されていないためにかえって、これらのほとんど即興的に書かれたと見える手紙は、キャロルの「物語衝動」をより純粋に、いわば発生状態において、示している。ルイス・キャロルという稀有の「物語る人間《ホモ・ナランス》」(homo narrans) の全体像のためには、これらはかけがえのないテクストであるといわなくてはならない。

キャロルの中の「物語る人間」は、驚くべきことに、第一の手紙から最後の手紙にいたる四十余年にわたって、いささかも変化することがない。なるほど、晩年の手紙には、「ひどく老いさらばえた老人」になったために、自分の家に少女を泊めても、うるさい「世間」からもう咎められることもなくなった、といった「老い」の歎きが見られる。しかし、老いてゆく独身者の肉体は、逆に「物語る人間」の不変の若さをきわだたせるだけだ。いわゆる「人格」や「個性」の成熟とは縁のないこの「若さ」を、お望みなら、「幼児性」と呼んで嘲笑してもよい。あるいは「チャールズ・ラトウィジ・ドジソン」と「ルイス・キャロル」、さらには「わたし」と「わたし自身」と「ぼく」へと人格分裂するこの男を、精神病理学の対象にすることもできよう。しかし、『アリス』の著者としての名声を嫌悪し、自分を「〈神から貸与された才能の〉あずかり人」にすぎぬと言い、いわば言語そのものに自分を託し、ひたすら子供のための「語部《かたりべ》」たらんとしたこの人物は、人格の一人称的実体性という近代的観念の驕りから自由な、原初の謙虚さ、実体がないゆえに不変である非人称性を体得していたのかもしれないのである。

ともあれ、独身者の肉体をむしばむ直線的な時間を知らぬげに、彼の内部では時間は永遠の円環をなしていた。本書の最後の手紙に出てくる「ミッシュ・マッシュ」なる言葉あそびの名は、数十年前（本書の最初の手紙と同じころ）の手作りの家庭雑誌『ミッシュマッシュ』に重なってゆく。

円環的な時間はおそらく、やや違ったぐあいにではあるが、少女たちにも当てはまる。たしかに、ひとつひとつの手紙はたったひとりの少女のために、ある偶然の、具体的なきっかけによって書かれた、繰り返しのきかぬ行為であった。そして生身の少女が時間の直線的な流れに浮かぶ存在であり、手紙がそういう少女にあてられた一回性の行為であることを、よくよく知っていればこそ、キャロルはつぎつぎに新しい少女友達を求め、つぎつぎに新しい手紙を書く。そうすることによって、つまり年をとり過ぎ去ってゆく少女の数を限りなく増やすことによって、ひとりの少女の面影を静止させることができないか。フィルムは止めようもなく廻る。しかしフィルムの各齣に、似たような人物をひとりずつ撮っておくならば、フィルムの回転は結局ひとりの人物を映しだすこととほぼひとしいのではないか。ひとつひとつの手紙は、そのようなフィルムの齣にあたる。

その意味では、有名になりすぎたあのアリス・リデルもべつに特権的位置を占めるいわれはないことになる。老いることなき「物語る人間」の絶えざる聞き手となるべき原型的「少女」を形づくる、無数の少女たちのひとりにすぎない。

（ついでながら、アリス・リデルあての手紙が一通も本書にないことを、読者はいぶかるだろうか。これには二重の理由がある。ひとつには、彼女あての手紙はキャロルを嫌ったリデル夫人によってすべて焼き捨てられたらしいということ。また、たとえ残っていたとしても、それほど中味のある手紙ではなかったろう。なぜなら、彼女を含めてオクスフォードに住んでいた少女友達は、直接お茶に招かれたり、お話や人形やゲームなどで遊ばせてもらったり、ロンドンへ観劇に連れていってもらったりする機会に恵まれていたけれど、その分だけ、長い手紙をもらうことは少なかった。ましてアリスは同じ学寮の中に住んでいたのである。まあ、彼女には『アリス』で満足してもらって、この書簡集の栄光は他の少女たちにゆずっていただかなければならない。）

理屈ぬきで楽しいはずの本に、不粋な口上が長すぎたようである。これ以上、キャロルの少女愛の精神分析などは無用としよう。本書のページから「ロリータ・コンプレックス」の片鱗を探し出すのは、その気になればむずかしくはないかもしれない。愛する少女についに触れることなく（もっとも幼い子なら膝にのせてお話を聞かせたらしいが）、言葉の仕掛けのみによってかなわぬ憧憬を捧げつづけたキャロルの中に、マルセル・デュシャンの、「花嫁」から絶対的に隔てられた「独身者」の苦悩と絶望の先駆を読みとることだって、不可能ではないだろう。しかし、そのさい――最初の手紙を借りれば――「三掛ける三はいくつか?」が「半かけの椀はいくらか?」にすりかわってしまわないように気をつけた方がよさそうである。

最後に私事を一言。去年『子供部屋のアリス』の出版は父の臨終と同時だった。こんどは奇しくもぴたりと一周忌にめぐりあわせた。本書を子供好きだった亡父の霊に捧げたい。

高橋康也
迪

一九七八年十月

解説——「少女」という宛先

高橋宣也

手紙にはどんなことを書くだろうか。事務的な伝達、時候の挨拶、窮状の訴え、恋の告白……なんにせよ、人は紙を前に筆を執り、宛先となる人のことを思って文を思案する。その便箋に繰り広げられる文章は、とりあえずその場では一方通行の思いだ。送り手は達意の文を心がけ、読み手に趣旨が過たず届くことを夢見る。

その密やかな思いがまとめられて世に出ることがあろうとは、書き手は思ってもいない。だからこそ、手紙が書簡集となるとき、読者はその人の心を盗み見るような気がする。そこが良心の呵責を感じさせつつも、スリリングなところだ。

今や時代は移り、手紙は電子の領域でやり取りされることが多くなった。いや、それよりも前に、電話が普及することで手紙を書く習慣が衰え、書簡集なるものもなくなるだろうと、本書の訳者の一人、高橋康也は「あとがき」で既に案じている。彼は息子の私にも、ワープロの普及によって手書き原稿が失せるようになってくると、将来の文学研究は資料へのアクセスの困難によって難しい状況になるのではないかと語っていた。一九八〇年代のことだ。今からすれば時代を感じさせる話だが、その後はワープロによる文書作成が当たり前になり、メールのたぐいが伝達の担い手となって原稿用紙や便箋の役割が低下してきたことからすると、物体としての手書きの原稿や手紙の消滅を予見していたようでもある。ただそれだけ、今では個人の温もりを感じさせる手紙の価値は、希少性ゆえにむしろ高まっているようにも思われる。

もちろん、電子媒体とインターネット空間の拡充は、必ずしも「原稿」の雲散霧消を意味するものではなかった。不特定多数への発信が容易になり、ブログから新しい小説が誕生して逆に書物になったり、瞬時のフィードバックによって新たな書き手／読み手の関係が生まれたりしている。ネット上にひとたび流された言葉は、かえって消えることなく、唯一性を帯びた手書き原稿とは違って、誰からもいつまでもアクセスできるようになった。それはそれでまた負の面もあるようで、「忘れられる権利」が議論されたりしている。ルイス・キャロルと一緒に「忘れかた」のレッスンを受けられたらいいのに（アグネス・ハル宛の手紙）。とにかく、加速する一方の伝達で繰り広げられるやり取りの手軽なスピード感と読者層の漠とした様は、功罪相半ばしながら、いかにも現代的な様相を形作っている。

問題なのは、このネットのスピード感に乗って、書き手が往々にして推敲という手間を飛び越してしまうことだ。そこで起こるのが誤字脱字の程度ならまだいい。脊髄反射的な即時の反応は、思考が停止したまま、思慮のない言葉を投げ返してしまいがちだ。相手を思いやり、自分の立場を反省し、達意の文を心がけるのに時間をかけることなど、もどかしいばかりなのか。たちまちヒートアップする独善的な「コミュニケーション」からは、情愛をじっくりと育む余裕など生まれようもない。

そんな殺伐とした言葉が飛び交う、情の薄い人間関係の問題に最もさらされやすいのが、「少女」という存在かも知れない。子供と大人の狭間にある危うい心と体。そんな年ごろ、あるいはそれに差しかかるもう少し幼い歳の少女たちに向けて、ルイス・キャロルも弛まず手紙を送り続けた。だが手紙を通して彼女たちに、彼は何ときめ細かい情愛を注いでいることだろうか。

少女たちに宛てられた手紙に横溢するのは、ユーモアだ。キャロル一流のこころ優しいユーモアは、読み手の気持ちをほぐし、同時に照れ性のキャロルが自分を隠すマスクにもなる。しかしシャイであることは鈍感とは違う。ユーモアは、人を選ぶ。しゃれやウィットが通じる相手かどうか、しっかり見極めなければならない。それを思案する時間をかけるということが、相手を思いやるという配慮にもつながる。キスを送って「どうか途中でこわれませんように」と添える繊細さはどうだろう。

だがキャロルは、実はかなりギリギリの線を歩いている。彼のユーモアは、一見子供じみていても、甘くはない。他愛のないジョークが、言葉遊びの豊かな世界への入り口になっていて、少女を誘い込む。それは、高橋が「物語の本能」と呼ぶ抑え難い衝動でできた、言葉の魔界だ。キャロルは言葉というものをフェティッシュなまでに愛し、その可能性をどの方向からも汲み尽さずにはおかない。手紙の中では、言葉や文字の入れ替え、鏡文字、語の逆行、絵文字、凝ったレイアウトなどのアイディアが炸裂している。こうして、手紙という短いスペースに彼は一瞬にして「不思議の国」を作り出し、そこに少女を招き入れる。この歓待の心を愛と呼んでよいなら、それはキャロルの少女愛ということになるだろう。言葉を愛することと少女を愛することに、違いはなくなる。

しかもキャロルの場合、そこに視覚の要素が加わってくる。少女写真への熱意は言葉への情熱に勝るとも劣らず、手紙ではしばしば肖像写真が話題となり、撮影を懇願することもある。ディンフナ・エリス宛の手紙で触れられる、モデルが乞食に扮する意匠などは、いかにも「貧しくもいたいけな女の子」の甘ったるい絵がはやったヴィクトリア朝の趣味に沿ったものに思われるが、「グランディ夫人」のようにカメラの前に少女をさらすことを快く思わない向きがあったことは、手紙からもうかがえる。実際、アグネス・ハル宛の手紙ではこんな口調なのだ。「ああ、アグネス、アグネス！ どうしてきみはいちども、オクスフォードにきてわたしに写真をとらせてくれないのです？」この悶々とした文言は、オクスフォード大学の後輩となるオスカー・ワイルドの戯曲『サロメ』での、愛するヨカナーンの生首を前にしたサロメの狂おしい台詞「洪水も大海の水も、私の情熱を冷ましてはくれない。ああ、どうしてあなたは私を見なかったの？」を連想させはしまいか。見ることと愛することも、また同じとなる。『サロメ』ではこう続くのだ。「見てくれたら、きっと私を好きになっていただろうに」。

キャロルが手紙とカメラで少女に求愛していたと言っては、踏み込み過ぎだろう。ユーモアの発揮にしても、失敗例もあるわけで、エラ・モニア・ウィリアムズとの場合では、やり取りが「もつれっ話」になってしまった。おふざけの加減を誤ると、ユーモアのつもりが悪趣味ないたずらに堕ちてしまう。言葉で相手をなぶる嗜虐性が顔を出すこともある。ユーモアは人を選び、言葉も選ばなければならない。それでも、メアリー・ニュービーのケースのように、届いた手紙が大人の目に触れて交流を差し止められることもある。

そう、少女はまだ大人ではなかった。ドリー・アーグルズ宛の手紙で、三十六歳のキャロルは「子供のなかには、「おとなになる」というじつにいやらしい癖をもっている子がいますね」と記している。キャロル自身は、自分が大人となり老いていくことを自覚し、それを文面にも諧謔的に明かしながら、知性を研ぎ澄ませつつ、子供らしい感性を保ち続けた。少女の方は、キャロルの望み通りに「いやらしい癖」を身につけないでいるはずもなく、大人になってキャロルの関心から脱していった。しかし彼女たちは、こうした書簡集の形で永遠の姿を留めるに至る。その結晶が、『不思議の国のアリス』の主人公ということになるのだろう。

「少女」は、一九七〇年代のアリス・ブーム（一九七二年思潮社刊『別冊現代詩手帖』ルイス・キャロル特集以降の関連書の出版ラッシュなど）、とともに独自の存在感を強め、日本の文化の一角を占めるようになった。これが「カワイイ」風俗の源流の一つであるのは間違いなかろう。時代の先端で変貌を続ける少女像と、ヴィクトリア朝の少女たちとは、どれくらい重なっているのか、隔たっているのか。そこに思いを致しながらこの書簡集を読むのも一興だ。たとえ時代は移り変わっていても、キャロルがここで見せている姿勢は、時に危険な眼差しも混ざってはいるが、いや、だからこそ一層、少女たちをどう慈しんだらよいのかと案ずる人々への示唆に富んでいるのだから。

時代のイコンという任を担わされた少女たちには、せめて温もりをもって接したいものである。浮薄な流言に翻弄されていたら、便箋に手紙を書くように思いを凝らして、言葉をユーモアに包んで贈りたい。最後に載っている手紙で、「ためになるのは「愛」です。世界じゅうがそれでいっぱいだったら、どんなにいいでしょう」と言うキャロルの姿には、聖職者ドジソンという彼の別の一面も重なっているけれども、これが彼の心根なのだろう。控え目だが言葉ではいたずら好き、しかしその言葉を武器のように無思慮に振りかざすことは決してなく、読み手の心情を慮りながら吟味して届ける。そんな手紙の宛先となった少女は、今でも昔でも、機知と情愛を受け取って、心の糧とするだろう。

「あとがき」同様、無粋な口上が長くなった。平凡社ライブラリーとして復刊するにあたり、いくつか写真を割愛したほか、表記など改めた箇所がある。両親の共同作業で世に出たこの書を愛してくださり、復刊に尽力された平凡社の竹内涼子氏に深く感謝する。

二〇一四年十月

（たかはし　のぶや／英文学）

平凡社ライブラリー　822
少《しょう》女《じょ》への手紙《てがみ》

発行日…………2014年11月10日　初版第１刷

著者……………ルイス・キャロル
訳者……………高橋康也＋高橋 迪
発行者…………西田裕一
発行所…………株式会社平凡社
〒101-0051　東京都千代田区神田神保町3-29
電話　東京(03)3230-6579［編集］
東京(03)3230-6572［営業］
振替　00180-0-29639

印刷・製本 ……中央精版印刷株式会社
ＤＴＰ…………大連拓思科技有限公司＋平凡社制作
装幀……………中垣信夫

ISBN978-4-582-76822-0
NDC 分類番号935
B６変型判（16.0cm）　総ページ254

平凡社ホームページ　http://www.heibonsha.co.jp/

平凡社ライブラリー　既刊より

【世界の歴史と文化】

【思想・精神史】